KB042612

마졸귀환록 9

초판 1쇄 인쇄일 2015년 4월 25일 ㅣ **초판 1쇄 발행일** 2015년 4월 28일

지은이 주작 ㅣ **펴낸이** 곽중열 ㅣ **담당편집 팀장** 이범수
편집부 신연제 이윤아 김호성 김은경

펴낸곳 (주)조은세상 ㅣ 출판등록 제 2002-23호
주소 경기도 연천군 미산면 청정로 1355
TEL 편집부 02)587-2966 ㅣ FAX 02)587-2922
e-mail bukdu@comics21c.co.kr

ⓒ주작 2014
ISBN 979-11-5832-053-9 ㅣ ISBN 979-11-5512-578-6(set) ㅣ 값 8,000원

마즐기환록

9

주작 판타지 장편소설

NEO FANTASY STORY

북두
(주)조은세상

CONTENTS

#1. 이레귤러

#1. 이레귤러

시작이 있다면 끝도 있을 수밖에 없는 법.

제튼과 데카르단의 전투도 슬슬 그 끝이 다가오고 있다는 게 직감적으로 느껴졌다.

때문에 아쉬움이 들었다.

'좀 더 보고 싶다는 생각이나 하다니.'

중재자로써의 위치를 망각했다는 생각에 라바운트가 쓰게 웃으며 고개를 흔들었다.

'하지만, 정말… 아쉽군!'

저들의 전투를 보고 있노라면 그야말로 눈이 호강하는 기분이었다.

제튼에게서 펼쳐지는 다양한 오러의 운용방법과 활용법

등은 그의 오랜 지식으로도 감탄이 절로 나오는 것들로써, 가히 그 하나하나가 한 세대를 이끌어갈 법한 신기라고 부를 수 있는 수준이었다.

'저것이 무림이라는 세상의 연공법인가.'

새삼 그곳에 대한 궁금증이 물씬 차올랐다.

뒤이어 데카르단의 마법 역시도 탄성을 자아내게 만들었는데, 그 역시 마법과 마도의 정점을 걷고 있기에 더욱 감탄할 수밖에 없었다.

'저런 방식으로 연계가 가능하다니.'

생각지도 못한 발상들이 나오는 걸 보고 있자면, 절로 박수가 나올 정도였다. 동시에 안타까운 마음 역시도 들었다.

'마기가 너무 짙구나.'

그와 가장 가까웠던 친우가 여전히 마룡의 광포함을 품고 있다는 게 연신 가슴을 두드렸다.

틈새의 마나에 오염된 작용이라고 여길 수도 있겠으나, 그 기운에 담긴 흉악함을 느끼고 있노라면, 친우가 변하지 않았다는 걸 충분히 알 수 있었다.

'…더 심해졌군.'

감탄과 한숨이 공존하는 가운데, 어느새 날이 저물었고 그들의 전투는 깊은 어둠을 향해 치달아가고 있었다.

말 그대로 힘과 힘의 격돌이었다.

'짜릿하네!'

매 순간순간 긴장감을 늦출 수 없는 이 긴박한 감각에 절로 가슴이 쿵쾅거렸다.

게다가 거칠어지는 호흡의 흐름 역시도 오랜만인 것 같았다.

천마신공을 통해 무한에 가까운 힘을 지니게 된 그로써는 지금과 같은 현상을 겪는 게 쉬운 일이 아니었다.

주변 기운을 장악한 뒤 수족처럼 부리는 천마신공의 능력을 생각한다면, 지친다는 건 생각하기도 어려운 상황이었다.

게다가 체력적인 부분에서도 적잖은 부담감이 느껴지고 있었다.

'천마강신이 흔들릴 정도라니.'

지금의 그는 무적체라 해도 과언이 아닌 육체건만, 데카르단의 마법은 그 단단한 육신을 부드럽게 다지고 있었다.

그 충격들이 차곡차곡 쌓이며 체력적인 부담감으로 이어지고 있는 것이다.

'이게 용언마법의 힘인가.'

벨로아와 겨룰 당시에는 말 그대로 가벼운 수준의 몸 풀기였던 탓에, 서로 한계치를 나눠볼 이유가 없었다.

때문에 용언의 참된 크기를 가늠하지 못했었다. 하지만 지금은 전혀 달랐다. 서로가 각자의 생을 걸고 상대의 숨을 노리고 있었다.

당연히 한계 그 이상을 내보일 수밖에 없는 상황이었다.

기본적으로 전력질주 상태로 내달릴 수 있는 거리는 짧았다. 긴 거리를 달리고자 한다면 속도를 조절하며 달려야만 한다.

하지만 지금 제튼의 상태는 전력으로 장거리를 뜀박질하는 것과 다를 게 없었다. 가벼운 손짓으로 날리는 일격마저도 전심전력으로 뻗어내고 있는 것이다.

이 덕분에 데카르단으로 하여금 무리하게 용언마법을 끌어낼 수 있었다.

둘 다 한계치에 대해 새롭게 경험하고 있는 상황이었다. 그 때문일까? 슬슬 막바지가 다가오고 있다는 게 느껴졌다.

뜻밖이라고 해야 할까?

'설마… 이런 기술이 있을 줄이야.'

마법사가 원거리에서 기사에게 선공을 놓치는 상황이 올 줄은 몰랐다.

콰콰콰콰콰콰…

쉴 새 없이 그를 두드려대는 제튼의 공격에 숨이 턱턱 막힐 지경이었다. 단단히 전신을 두른 실드와 아머 등 각종 방어마법이 아니었더라면, 크게 몸이 상했을 터였다.

일반적인 마법만으로는 감당하기가 어려워, 결국 용언마법을 남발해야만 했다.

'그러고서도 승기를 잡기가 어렵다니.'

눈앞의 상대에 대해 다시금 생각하게 된 계기였다.

'부정한 자의 힘이 이 정도로 크다면, 이미 그 존재자체만으로도 세상의 해악이다.'

마왕!

이 같은 명칭이 결코 부족하지 않다고 여겼다. 때문에 필히 멸살해야만 했다.

하지만 이 역시 쉽지가 않았다.

'지금이라도 본체로 돌아가야 할까?'

잠시 갈등이 일었다. 하지만 이내 그 생각을 털어냈다. 어차피 달라질 것이 없다는 결론이 나온 까닭이었다.

용언마법으로 인한 반발작용?

이미 순수한 마법적 능력만이 아니라, 용언마법 역시도 본신의 능력에 닿을 수 있는 상태였다. 제튼이 생각하는 것과 같은 반발로 인한 타격은 전혀 없었다.

그럼에도 불구하고 이렇게까지 힘겨운 이유는 간단했

다. 순수한 의미로써 지친 것이다.

쏟아지는 오러의 연격 너머로 제튼의 모습을 살폈다. 앞서 초반과 달리 상당히 지친 기색이 역력해 보였으나, 아직 승기를 잡기는 어려울 것 같았다.

하지만 그 역시 지친 건 마찬가지였다. 용언마법의 연계가 이어질 때면, 제튼 역시도 공격보다는 수비에 중점을 둘 수밖에 없었기 때문이었다.

서로 일진일퇴를 거듭하는 공방이었다.

이대로라면 결국 장기전으로 들어가 체력전으로 승부를 결정짓게 될 수도 있었다.

'조금이라도 힘의 여유가 있는 지금 승부를 내야한다!'

결정을 했으니 이제는 움직여야 할 때였다.

우우우우우우우우……

문득, 괴이한 울림과 함께 주변 가득하던 어둠의 일부가 걷히는 걸 느꼈다.

'승부수를 띄우는군.'

제튼은 눈을 빛내며 천마강림을 거둬들였다. 주변 가득하던 어둠은 그와 데카르단이 흩뿌린 그들의 '영역'이었다. 그 자체로도 상대를 압박하는 힘의 수단이 되지만, 동시에 힘의 발현이 수월하게 만들어주는 이능도 있는 게 바로 영역의 이점이었다.

그러한 것을 거둬들인다는 건, 거기에 사용되는 기운마저도 한 점에 모으고자 한다는 뜻이었다.

어둠만이 가득하던 공간으로 어느새 달과 별빛이 쏟아져 내리기 시작했다.

그 빛의 파편을 머리위로 받아들이며, 제튼과 데카르단은 서로를 마주했다. 둘 모두 어느새 공방을 멈춘 상태였다.

각자가 마지막을 준비하고 있다는 걸 느낀 듯, 한층 신중해진 눈빛으로 호흡을 고르고 있었다. 이로 인해 앞전의 전투로 인해 흐트러진 호흡과 기력 그리고 정신력을 조금이라도 더 바로잡고자 한 것이다.

이내 호흡이 멈추고, 대기의 흐름마저 숨을 죽였을 때,

번쩍!

한 줄기 섬광이 어둠을 밝히며 그들을 연결했다.

◈

살을 부대끼고 사는 까닭일까?

요 며칠 남편의 상대가 이상하다는 걸 느끼고 있었다. 하지만 숨기고자 하는 감정을 읽은 탓에, 의도적으로 이에 대한 언급을 자제하며 조용히 남편을 지켜보며 일상을 보냈다.

그리고,

'늦네….'

평소와 달리 저녁시간이 되어서도 돌아오지 않는 남편으로 인해, 최근의 일상을 떠올리게 되었다.

'오늘인가.'

가만히 창밖의 바라보며 양 손을 모았다. 지난 새벽, 우연찮게 보았던 남편의 뒷모습이 떠올랐다. 왠지 긴장감이 느껴지던 것 같았다.

평소와 다르던 남편의 모습에서 그녀 역시도 적잖은 긴장을 받았다. 밤하늘에 뜬 달빛에 기대어 조용히 기도를 읊조렸다.

그렇게 밤이 깊어갈 무렵,

쿠르르르르릉…

저 멀리. 아득한 곳에서부터 때 아닌 천둥소리가 날아드는 걸 들었다. 언뜻 번개와 같은 현상도 것도 본 듯싶었다. 이상하게도 그 순간 남편의 얼굴이 떠올랐다.

하늘을 올려다보니 달과 별의 흔적들이 두 눈 가득 담겨들고 있었다. 맑은 날이었다.

'여보….'

직감적으로 남편과 관련이 있다는 걸 알았다. 고이 모은 양 손에 괜스레 힘이 들어갔다. 손안 가득 차오르는 땀방울을 닦아낼 생각도 하지 못한 채, 소리가 들려오는 하늘을 바라봤다.

딱 한번을 끝으로 더 이상 천둥소리는 들리지는 않았다. 때문에 잠시간 그녀의 착각일지도 모른다는 생각도 했다.

하지만 얼마 지나지 않아, 저 멀리 날아드는 그림자를 보았다.

그걸 어떻게 발견한 것인지는 모른다. 이 어두운 밤하늘 속에서, 점처럼 작은 하나의 그림자를 발견해낸 것이다.

'여보!'

놀랍게도 그 먼 거리에서도 정체를 확신했다.

그는 정확히 천둥이 들려왔다고 여겨지는 방향에서 날아오고 있었다. 이를 확인하자마자 자리에서 일어나 계단을 내려갔다. 시부모님들이 깰지도 모른다는 생각도 하지 못할 만큼 다급했다.

그리고 문을 열어 밖으로 나왔을 때, 어느새 제튼이 입구에 내려서 그녀에게 다가오고 있었다.

"안 잤어?"

그의 물음에 잠시 어떤 대답을 해야 할까 고민했다. 그러다 이내 지친 기색이 역력한 남편의 모습에 고개를 끄덕이며 입을 열었다.

"배고프겠다."

"뭐… 좀 그렇네."

슬쩍 웃어 보이는 얼굴에서도 피로감이 느껴졌다. 그 강철 같던 사내가 저처럼 지친 기색을 내비치는 게 낯설 정도였다.

'얼마나 힘들었기에….'

그런 생각마저 들었다. 괜히 눈시울이 붉어질까 고개를 돌려 얼굴을 감췄다. 하지만 이내 맺혀버린 물기에, 급히 그에게로 다가가 가슴 깊이 얼굴을 파묻으며 눈물을 감췄다.

"미안."

그 말과 함께 그가 등을 토닥여줬다. 그제야 밤이 깊도록 밀려들었던 긴장감이 날아가는 걸 느꼈다.

제튼은 품에 안긴 셸린의 모습을 내려다보며 쓰게 웃었다. 그녀가 이미 지난 시간에 대해 알고 있다는 걸 직감한 까닭이었다.

물론, 모든 걸 알지는 못할 것이다. 하지만 그가 오늘 하루 힘겨운 시간을 보냈다는 것 정도는 느꼈을 터였다.

집에 돌아왔을 때, 그의 전신을 이리저리 살피던 긴장된 눈길에서 이를 짐작하고도 넘쳤다.

전투 중에 생겨난 상처들이나 핏자국 등은 이미 사라지고 지워졌다. 게다가 넝마가 되어버린 옷가지도 새롭게 갈아입었다.

하지만 그럼에도 불구하고 미세한 흔적들이 남아있었고, 셀린의 눈은 이를 포착한 것이다.

그녀를 불안하게 만들었다는 걸 깨달았다.

"미안."

재차 그 말을 입에 올리며 조심스레 그녀를 다독였다.

◈

라바운트는 전투의 마지막을 떠올렸다.

제튼과 데카르단은 각자가 가장 자신 있는 일격으로 마지막을 준비했다.

먼저 움직인 건 데카르단이었다. 그의 입이 열리며 파괴의 빛이 쏟아져 나왔다.

드래곤 브레스!

그들 일족이 가장 자신에게 내보이는 힘의 정화였다. 순식간에 제튼에게 닿았다고 여겨질 즈음, 제튼이 검지와 중지를 모은 채 전방으로 쭈욱 내질렀다.

그 순간, 마치 태양처럼 뜨겁게 타오르던 파괴의 광선에 구멍이 뚫리며 하나의 길이 열리는 걸 보았다.

그리고 이내 빛이 소멸하고 거대한 충격파가 사방으로 뻗어나갔다.

급히 마법을 펼쳤다. 덕분인지 힘의 파동이 전장의 영역

밖으로 새나가지는 않았다. 그 일부 여파가 바깥으로 전해진 것 같았으나, 그 정도는 괜찮다고 판단했다.

이후, 다시금 전장으로 시선을 돌렸을 때, 단 한명만이 서 있었고, 그가 전투의 승자였다.

'설마, 이길 줄이야.'

라바운트는 하얗게 탈색된 얼굴로 힘겹게 서 있던 제튼을 떠올렸다.

'제튼….'

그의 승리였다.

사실은 그의 패배를 예상하고 있었다. 때문에 이 자리를 지키고 있던 것이기도 했다. 최악의 상황을 막기 위해서였다.

"내가… 진 건가."

문득 들려온 음성에 시선이 돌아갔다. 핼쑥해진 얼굴로 누워있는 데카르단의 모습이 보였다.

마지막 일격의 승부에서 그들은 정면으로 힘을 나눴다. 덕분에 명확한 승부의 양상이 갈릴 수가 있었으나, 그로 인해 둘 모두 생사의 경계를 넘지 않을 수 있었다.

데카르단의 시선이 옆에 서 있는 라바운트에게 닿았다.

"그런가. 네가 날 살렸군."

그 이야기에 라바운트가 고개를 끄덕였다. 원래라면 제튼을 살리려 자리를 지킨 것이건만, 그 반대의 상황이 벌어져 버렸다.

'중재자의 위치에서 일부 벗어나더라도 데카르단을 막을 생각이었건만….'

쓴웃음이 절로 나왔다.

"패배는 인정하겠지?"

라바운트의 물음에 데카르단이 말없이 두 눈을 감았다. 침묵이었으나 충분히 수긍하고 있다는 걸 느꼈다.

마지막 자존심이 그 대답을 목구멍에 담아두고 있는 것이다. 잊힌 듯싶었던 친우의 옛 모습이 떠올라 재차 쓰게 웃은 라바운트가 데카르단을 향해 '명령' 했다.

"네가 바라던 승부는 났다. 틈새로 돌아가라."

감겼던 눈이 떠지고 데카르단의 얼굴 가득 그늘이 내려 앉았다.

두 눈 가득 박혀드는 별빛을 바라보며 그가 답했다.

"명을 받습니다."

저 멀리 달이 넘어가며 길었던 하루가 끝나고 있었다.

＊

전쟁이 벌어졌다.

눈치만 보면서 전쟁이니 뭐니 떠들어대던 상황이 아니라, 진정 피가 튀고 비명이 난무하며 절망이 떨어지는 그런 전쟁이었다.

피에 물든 갑주로 인해 적과 아군의 구분이 모호해지는
그런 치열한 전투였다.

그 수를 헤아리기 어려울정도로 많은 몬스터들의 무리
로 인해 짓밟혔던 제국의 경계건만, 이제는 연합왕국의 침
략에 의해 산산이 부서져 형체를 잃어가고 있었다.

제국의 국경의 수비력으로는 더 이상 감당하기 어려운
상황 속에서, 제국 전역이 움직이기 시작했다.

짧은 시간 만에 수십만에 달하는 대병력이 모여들었고,
당연하게도 그 엄청난 규모의 단기결합에 연합왕국도 당
황할 수밖에 없었다.

지금 상태로도 적잖은 부담감이 있건만, 이게 겨우 시작
이라는 게 그들을 주춤하게 만든 것이다.

"이미 돌아가기에는 너무 늦었지."

테파른 왕국의 프루체른 공작은 고개를 흔들며 그리 중
얼거렸다.

"적당히 간만 볼 생각이었는데."

어쩌다보니 전면전으로 급전개가 되어버렸다.

알려진 것처럼 몬스터들의 대대적인 진군으로 연합왕국
측의 피해가 제법 있었다. 이를 빌미로 제국을 건드려서
그들의 반응만 살필 생각이었다.

헌데, 대뜸 병력을 모으고 전력을 가다듬더니 전면전을

내세우는 게 아닌가.

'실수였지.'

제국 중앙의 회의가 파스카인 공작을 중심으로 돌아가고 있다는 것 정도는 이미 알고 있었다.

오랜 시간을 중앙에서 버텨온 만큼, 상당한 너구리라 생각하며, 적당한 줄다리기가 이어질 거라 여겼다.

마르셀론 공작이라면 분명 그런 상황이 성립됐을 터였다.

"판단을 잘못했군. 후…."

설마하니 너구리가 아닌 불곰이었을 줄이야. 작게 한숨을 내쉰 그가 책상을 두들기다 보고서들을 다시 검토했다. 다양한 정보들이 그 안에 넘실거리고 있었다.

"그나마 다행인가."

현재 연합왕국의 규모는 착실히 커져가는 상태였다. 제국을 본격적으로 건드린 게 자극제가 되었던지, 가담을 해오는 왕국들이 늘어서 어느새 연합왕국에 소속된 수가 여섯이나 되었다. 이대로만 진행된다면 제국 주변 왕국을 전부 한 자리에 모을 수 있을지도 몰랐다.

'그렇게만 된다면.'

제국과의 정면 승부도 해볼 만하다는 결론이었다.

'게다가….'

희소식은 이것만이 아니었다.

'마르한 케메넨스인가.'

방랑사제로 알려진 신성국의 숨겨진 실력자로써, 아는 이들 사이에서는 대신관을 넘어서는 성력을 지녔다는 성자급의 성직자였다.

"그런 실력자를 파견 보내 온다라… 성국 내부의 알력 다툼인가."

전쟁 중에 성직자들은 그 위험성이 컸다. 사제단의 파견은 한 개 국가에 한정되지 않는 경우가 많다 보니, 그들은 첫 번째 마주하는 왕국에 사로잡히는 경우가 대부분이었다.

'이 전쟁을 통해서 방랑사제를 해결하고자 하는 거겠지.'

고개를 끄덕이는 그의 입가에 비릿한 미소가 그려졌다.

"그래. 이용할 수 있는 건 얼마든 이용해주마."

이미 화살을 쏘아졌고, 전쟁의 불씨는 크게 타오르고 있었다. 주저할 틈 따위는 없었다.

❖

어제와 다르지 않은 오늘이 참으로 낯설다는 느낌이 들었다.

"전쟁 중에 이래도 되나?"

쿠너의 중얼거림에 옆에서 함께하던 브로이가 웃으며 말을 받았다.

"너무 변함없어서 불만인가?"

"그건 아닙니다만…."

"그럼. 미안한 거로군."

"예. 너무 평화로운 것 같아서…."

그 역시 기사가 아니던가. 때문에 이 상황이 어색했을 것이다. 고개를 끄덕인 브로이가 아카데미를 슬쩍 돌아봤다.

"확실히 전쟁 중이라고는 믿기지 않지. 하지만 저 아이들이 전쟁의 분위기에 물드는 건 더욱 싫을 것 같네."

확실히 그건 쿠너도 동감하는 바였다.

"전면전이라고는 하지만, 그래도 아직 제국의 명운이 걸릴 정도로 위협적인 상황이 아닌 만큼, 우리는 일상을 유지하는 게 당연한 거지. 이곳에 있는 저 아이들이야말로 제국의 미래일 테니까."

거기까지 이야기하던 브로이의 얼굴에 잠시 그늘이 내려앉았다.

"하지만… 결국 저 아이들도 움직이게 될지도 모르지."

특히, 이곳 명문 카이스테론의 학생들처럼 뛰어난 인재라면, 분명 전쟁의 공기를 맡는 상황이 올 수도 있었다.

"전쟁을 많이 겪어 보셨습니까?"

문득 들려온 쿠너의 물음에 브로이가 쓰게 웃으며 답했다.

"한 때는 일상이 전쟁이었지. 눈을 뜨고 감는 순간까지…"

때로는 잠자는 시간마저도 버려가며 칼을 들었다. 애초에 잠자는 시간이라는 게 있었던가 싶기도 했다.

'수면시간을 연공으로 대신했었으니까.'

그 덕분에 급격한 성장이 가능했지만, 오히려 그로 인해 몸이 망가지는 것 역시도 빨랐다.

거기까지 생각이 닿자 자연스레 이어지는 의문이 있었다.

"그런데… 그 녀석들은 어떻게 됐나?"

쿠너는 질문을 듣는 순간 '그들'의 정체를 떠올렸다.

폐인이 되어버린 대공의 첫 번째 기사들.

물론, 아직 쿠너에게는 그 명확한 정체를 밝히지 않았다. 하지만 한 차례 그들을 살폈던 쿠너는 그들 한명 한명이 상당한 실력자라는 걸 알 수 있었다.

하지만 그 모든 게 과거의 것이라는 점 역시도 즉각 깨달았다.

폐인!

말 그대로 그들은 본신의 능력 대부분을 잃어버린 상태였다. 하지만 그럼에도 불구하고 동공에 가슴에 육신의 내부에 숨겨져 있는 뜨거운 열정, 혹은 투기는 감출 수 없었다.

때문에 쿠너는 확신했다.

"전부, 문제없으실 겁니다."

그 말에 브로이가 눈을 반짝였다.

'과연…!'

쿠너의 얼굴에 담긴 자신감에서 대공의 선택이 틀리지 않았다고 여겼다.

"…고맙네!"

그러며 깊이 고개를 숙여 보이니 쿠너로써는 당혹스럽기만 할 따름이었다. 하지만 이내 브로이의 감정을 전해 받은 것인지, 고개를 끄덕이며 브로이의 예를 마주 받았다.

"최선을 다하겠습니다."

그리 인사를 나누고 있노라니, 문득 제튼에 대한 궁금증이 솟구쳤다.

'그토록 뛰어난 실력자들을 수하로 두고 있을 정도라니. 선생님은 대체….'

브로이와의 관계를 알게 된 뒤, 스승의 정체에 대한 의문은 매일 이어져왔다. 과거에도 이 부분에 대한 호기심을 지니고는 있었으나, 지금처럼 강렬하지는 않았던 것 같았다.

'혹시….'

한 가지 머릿속에 떠오르는 그림이 있었다. 하지만 이내 머리를 흔들며 애써 부정했다.

'아니겠지.'

그의 머릿속에 떠오른 존재와 스승을 대조해봤다.

'아닐… 거야.'

떠오른 존재와 스승의 강함은 분명 비슷할 거라 여겨졌
다. 하지만 그 존재의 평판을 생각해본다면 스승과는 결코
어울리지 않았다.

마왕 혹은 마신이라 불리고 거기에 더해 바람둥이로 유
명하던 존재였다. 스승과는 결코 어울릴 수가 없는 그림이
었다.

'아마도….'

고개를 절레절레 흔들며 상념을 털어내는 사이, 어느새
목적지가 코앞이었다.

아이들의 수업을 위해 마련된 연무장이 저 앞으로 보
였다.

카이스테론 아카데미 정식 첫 수업의 날이었다. 브로이
와 이야기를 나누며 잊고 있던 긴장감이 가슴 한편을 채워
들고 있었다.

❖

어느새 서늘함이 목 곁을 스쳐 지나며 더위를 식히는 계
절 가을이 다가왔다. 아직 남아있는 여름의 흔적에 땀방울

이 이마 위로 송글송글 맺혔지만, 전과 같은 불쾌함은 없었다.

'신경을 건드리는 건 따로 있지.'

농기구를 손질하던 제튼은 눈살을 찌푸리며 시선을 하늘로 올렸다. 유난히 맑은 하늘이 눈에 들어왔다.

"어째서?"

그 푸른 창공을 향해 물었다.

"아직도 어두운 건데?"

도통 이해하기 어려운 이야기였다. 이는 그의 시선이 향하는 방향의 차이였다. 현재 그의 동공은 창공이 아닌, 그 너머 하늘의 '흐름'을 담고 있었다.

저 무림의 세상에서 천기라 불리는 것으로써, 제튼은 이를 보고 있는 중이었는데, 그렇게 읽어낸 천기가 그를 불쾌하게 만들었다.

'데카르단이 아니었나?'

그를 위협하는 어둠의 정체는 데카르단이라고 여겼다. 하지만 데카르단을 틈새로 돌려보낸 지금도 어둠은 그를 위협하고 있었다.

'오히려 더욱 진해졌어.'

데카르단이라는 커다란 위협을 몰아냈건만, 어둠은 더욱 진하고 깊어져 있는 게 아닌가.

"무슨 생각을 그렇게 해?"

문득 들려온 음성에 굳었던 표정을 급히 풀었다. 그러며 고개를 돌려보니 셀린이 다가오고 있는 게 보였다.

"별 건 아니야."

그리 대답하는 제튼의 표정에서 셀린은 왠지 거짓이라는 느낌을 받았다. 하지만 굳이 캐묻지는 않았다. 언제고 모든 걸 이야기 해줄 때가 올 거라 믿는 까닭이었다.

'그래도… 꼬부랑 할머니가 되기 전에는 듣고 싶은데.'

워낙 특별한 제튼의 능력을 알기 때문에, 이 부분에 대해 먼저 언급하는 건 자제하고자 했다.

물론, 그렇다고 해서 궁금하지 않은 건 아니었다. 애초에 '자제' 해야 할 만큼 그의 과거에 대한 호기심은 컸다. 때문에 그녀 혼자서 이런저런 상상을 하며 그의 정체를 추론하는 일이 많았다.

익스퍼트 상급!

주변에 알려진 남편의 능력이었다. 하지만 그게 진실이 아니라는 것 정도는 알고 있었다.

한 걸음에 수백미르를 건너뛰는 남편의 신기를 경험한 까닭이었다. 아무리 그녀가 기사들의 세상에 대해 모른다지만, 그래도 기본적인 지식 정도는 있었다.

때문에 알려진 것 이상이라는 것 정도는 이미 짐작했다.

'마스터?'

별이라고 불리는 대륙의 절대자들에 대한 이야기 정도

는 알고 있었다. 그들 개개인이 인간을 초월하는 존재들이라고 들었다.

그나마 그녀가 생각할 수 있는 가장 그럴싸한 위치였다. 하지만 간혹 의문 혹은 의심이 들었다.

'정말로 마스터일까?'

〈바다를 가르고, 산을 무너트리며, 하늘을 날아다니는 존재!〉

마스터들을 설명하는 내용이었다. 일부 제튼과 맞아떨어지는 느낌이 있었다. 하지만 의례 그렇듯 소문이란 항상 부풀려지기 마련이었다.

때문에 의심하게 되는 것이다.

'어쩌면 그보다 더 대단했던 건 아닐까?'

이런 감정의 편린이 겉으로 드러난 듯, 제튼이 그녀를 향해 물어왔다.

"왜? 얼굴에 뭐 묻었어?"

그러며 쓱싹 거리며 얼굴을 닦아내는데, 농기구를 손질하던 탓인지, 오히려 더욱 지저분한 상태가 되어버렸다.

조금은 우스꽝스런 그 모습에 작게 실소한 셀린이, 고개를 절레절레 흔들었다. 자신의 생각이 너무 과했다고 여긴 것이다.

"그나저나 이제 개학이네."

셀린의 물음에 제튼의 표정이 살짝 굳어졌다.

'여전히 아카데미 일은 싫어하는 모양이네.'

남편의 표정에 담긴 의미를 읽은 셀린은 쓰게 웃으며 제튼을 독려했다.

"힘내."

항상 그렇듯 힘들면 그만두라는 말은 깊숙이 아껴뒀다.

"그런데 전쟁이니 뭐니 뒤숭숭한데, 아카데미에 문제는 없을까?"

질문을 던지는 그녀의 표정에서 그늘을 발견할 수 있었다. 아무래도 전쟁이란 단어에 태연하기는 어려울 수밖에 없기 때문이었다.

"걱정 마."

그리 말하며 아내의 머리를 쓰다듬으려는데, 이게 웬일? 그녀가 손길을 피하는 게 아닌가.

눈살을 찌푸리는 그녀의 모습에 무언가를 느낀 듯, 이내 자신의 손을 확인한 제튼이 셀린을 향해 물었다.

"내 얼굴 어때?"

당연히 나올 대답은 하나뿐이었다.

"엉망이지."

"끄응…."

앓는 소리가 절로 나왔다.

뜻밖의 소식을 듣게 되었다.

"뭐? 제 2차 제국전쟁?"

한창 대륙을 뜨겁게 달궈놓고 있는 이야기였다. 당연
하게도 거리 곳곳에서 이와 관련된 내용들이 자주 언급
되었고, 누구보다 발달된 청각은 이를 놓치지 않고 담아
들였다.

절로 눈살이 찌푸려질 수밖에 없었다.

"그 녀석은 뭘 하는 건데."

제국전쟁이 다시 발발한 건 상관할 바가 아니었다. 하
지만 그 전쟁 발단의 내용 중 하나가 사내의 신경을 건드
렸다.

"브라만 대공이 죽었다는 소문이 있던데."

"그러니까 연합왕국이 대담하게 도발한 것 아니겠어."

"그렇지. 전면전에는 다 이유가 있는 거지."

듣다보니 절로 눈살이 찌푸려졌다.

'이놈이 설마… 정말로 고향에 돌아간 건가.'

와락 구겨진 표정은 심경의 불편함을 내비치고 있었다.
사내의 머릿속으로 하나의 얼굴이 그려졌다. 언제고 그의
것이기도 했던 얼굴이었다.

"제튼 반트…."

제국 전쟁과 함께 사람들의 입에 쉴 새 없이 떠들어대는 존재. 브라만 대공의 본명을 입에 올렸다.

"쯧! 정말로 촌구석에서 흙이나 파먹고 있는 건가."

불퉁하니 입술을 내밀던 그의 표정이 일순 풀어지며 고개가 돌아갔다. 시선의 끝에는 청순한 느낌이 물씬 풍기는 여인이 지나가고 있었다.

미녀라고 부를 정도는 아니었으나, 시선을 잡아끄는 매력이 있었다.

"매일 서큐버스들 하고만 놀아서 그런가. 신선한데!"

사내, 천마는 눈을 반짝이며 여인의 뒤를 따랐다.

◈

즉시 돌아오려고 했으나, 전투의 후유증이 생각보다 컸던 것일까? 한동안 요양을 해야만 했고, 그러다보니 복귀하는 시간이 생각 이상으로 길어져버렸다.

그렇게 다시 틈새의 공간으로 돌아왔을 때, 데카르단은 이해할 수 없는 광경을 봐야만 했다.

'이게… 대체?'

수호자라고 불리는 틈새의 일족들 중 절반가량이 '수면기'에 든 것이 아닌가.

그것도 일반적인 수면기가 아니었다.

'강제… 수면이라니.'

일반적으로 그들 드래곤 일족은 수면기를 통해서 성장을 하기도 하고, 장기적인 휴식을 취하기도 한다. 하지만 이것 외에도 특별히 수면기에 들 때가 있었는데, 그게 바로 극심한 부상을 입었을 때였다.

그리고 이 시기가 바로 강제적인 수면기라 할 수 있었다.

"어떻게 된 일이냐?"

가까스로 진노를 삼켜가며 하무라반에게 질문을 던졌다. 수호자의 대표격이라 할 수 있는 카마지엘마저 수면기에 든 까닭에, 그를 부른 것이다.

이에 하무라반이 조심스레 상황을 설명했다.

"마족이 나타났습니다."

"마족이라고?"

"예."

"자세히 설명해 봐라."

그리고 이어진 내용들은 그를 경악하게 만들기에 충분했다. 그 중에서도 특히, 이야기에 등장하는 마족의 존재가 충격적이었는데, 마족의 이름을 듣는 순간 절로 신음성이 새나올 정도였다.

"으음… 그가 자신을 천마라 하였다고? 잘 못 들은 건 아니고?"

"특이한 이름이라서 잊기가 어려울 정도였습니다."

"으으음…."

연달아 흘러나오는 그의 신음성에 하무라반이 가만히 숨을 삼켰다. 지금은 침묵을 지켜야만 할 때라는 걸 본능적으로 느낀 것이다.

'천마라니.'

요양을 하는 동안 라바운트를 통해 제튼에 대해 들었고, 또한 그의 과거와 숨겨진 부정한 존재에 대해서도 듣게 되었다.

'이레귤러!'

제튼이 작은 비틀림이라면, 그 존재는 그야말로 거대한 비틀림으로써 진정한 세상의 해악이었다. 애초에 제튼이라는 존재 자체도 그로 인해서 탄생했다고 봐야 하지 않겠는가.

앞서 제튼을 마왕이라 판정했다면, 천마는 그야말로 마신이나 다를 게 없었다.

'그자가 돌아왔다고?'

어느새 손바닥이 축축해져 있었다.

제튼 반트!

그의 강함을 이미 경험했다. 본체로 돌아가 재대결을 한다고 해도 승리를 장담할 수가 없을 정도의 강자였다. 지금의 상태로 별다른 차이가 없는 까닭이었다. 때문에 그의 의지를 꺾어가며 틈새로 돌아온 게 아니던가.

천마는 그 제튼마저도 넘어서는 존재였다.

'이게 대체… 자신의 세상으로 돌아간 게 아니었나.'

뜬금없이 마령이 등장하는가 싶더니, 마족이 올라오고 그 정체가 천마로 이어지다니. 이 무슨 말도 안 되는 상황이란 말인가.

그의 시선이 뒤로 돌아갔다. 그 끝으로 어렴풋이 맑은 하늘이 비쳐졌다. 틈새의 공간 너머, 중간계의 영역이었다.

"후우우우……."

깊은 한숨이 입술을 비집고 흘러나왔다.

◈

갑작스레 발발한 전쟁 때문일까?

정보길드는 밀려들기 시작한 정보의 홍수 속에서 정신없이 허우적거려야만 했다.

제국과 왕국들이 의도적으로 정보를 풀어놓고 흔들며, 정보조작을 하며 머리싸움을 시작한 까닭이었다.

정보량의 증가는 분명 기뻐할만한 사실이겠으나, 과도한 업무량 증가는 결코 반길 수 없는 상황이기도 했다.

돼지고양이로 불리며 정보업체의 실력자로 알려진 사반트 역시도 이와 같은 심경이었는데, 기본적으로 그의 단체는 그를 중심으로 돌아가는 만큼, 업무량 역시 초월적으로 많아질 수밖에 없었다.

"끄응⋯."

앓는 소리를 입에 달다시피 하면서도, 그의 손과 눈은 빠르게 보고서를 넘기고 지시를 내리는 등, 착실히 업무를 수행하고 있었다.

지금까지 머릿속에 담아온 정보들과 비교분석을 하며, 진실과 거짓을 구분하고 필요한 것과 불필요한 것들을 나눈 뒤, 이를 토대로 새로운 정보로 정리하는 것이다.

또한 타 단체에 작업을 하는 것 역시 그의 역할이었다. 그렇다보니 정신없이 바쁜 상황이었다. 때문에 변수가 발생하는 게 달가울 수가 없었다. 더욱 머리가 아파질 확률이 높은 까닭이었다.

헌데, 새롭게 날아든 보고서가 그 달갑지 않은 상황을 예견하고 있었다.

'헨트가 활동을 시작했다고?'

빈민촌의 약손으로 통하는 사내에 관련된 내용이었는데, 어찌하여 그가 별 볼일 없는 동네의 사내에게 이리 관심을 기울이는 것일까?

이유는 간단했다.

'요원이 움직일 때는 정보를 잡았을 때뿐이지.'

빈민촌의 약손 헨트가 사실은 타 단체의 정보원이라는 사실을 아는 까닭이었다. 일개 요원에 이처럼 관심을 기울일 필요는 없겠으나, 안타깝게도 헨트의 목표물을 알고 나면 그러기가 쉽지 않았다.

브라만 대공!

제국영웅이 헨트의 목표라는 걸 알게 된 뒤, 그의 행동을 주시하게 된 것이다.

'어떻게?'

자연스레 드는 의문이었다. 오르카를 통해 대공의 움직임을 일부 파악하고 있는 까닭이었다. 게다가 과거와 다른 지금의 모습 역시도 알기 때문에 의문은 깊어질 수밖에 없었다.

"하아…."

한숨이 짙어졌다.

'도대체 어디서 대공을 본 거야?'

그로써는 도저히 이해할 수 없는 상황이었다. 혹여 헨트가 그의 시선을 느끼고 작업을 위해 움직이는 건 아닐까 하는 생각도 해 봤으나, 그건 아니라는 판단이 나왔다.

'쓸데없는 작업까지 할 만큼 부지런한 놈은 아니니까. 그런데 실력은 또 있단 말이지. 쯧!'

그간 살펴본 헨트는 뛰어난 정보요원이었다. 정보원 돼지고양이의 냉정한 판단으로 봤을 때, 충분히 그와도 견줄 만한 실력의 요원이었다.

'현장 경험이 떨어지는 걸 생각해 보면….'

어쩌면 헨트 쪽에 좀 더 점수를 줄 수 있을 정도였다. 헨트가 정보원이라는 걸 알아챈 것도, 그가 들켜서가 아니라 함께 활동하던 요원들의 움직임을 통해서 알아낸 것이었다.

헨트 개인으로 보자면 완벽한 빈민촌의 일원으로써, 의심할 이유가 없었다.

약손이라 불린다고는 하나, 그 수준을 본다면 그리 뛰어난 수준이 아닌 까닭에, 시선에 담아 둘 정도가 아니었다.

'수준 낮은 동료들이 아니었으면, 나도 찾아내지 못했을 정도였지.'

기회만 된다면 그의 길드에 필히 끌어들이고 싶은 특급 수준의 요원이었다.

'그런 놈이 움직였으니까.'

결코 거짓일리 없었다.

"후우…."

깊은 한숨과 함께 품 안에 손을 넣었다 뺐을 때, 그의 손에는 얇은 철판이 들려 있었다. 오르카와의 전용 통신기였다.

"우선은 보고가 먼저인가."

한 소리 들을 걸 생각하니 괜히 머리가 아팠다.

그리 큰 덩치가 아니건만, 유난히 얇은 체형 때문일까? 왠지 그 키가 크게 보이는 사내가 휘청거리며 거리를 걷고 있었다. 왠지 그늘진 얼굴과 쳐진 어깨가 걸음과 너무나도 어울리는 사내였다.

"하아… 귀찮다. 귀찮아."

그런 사내의 입으로 연신 힘없는 음성이 흘러나왔다. 그렇게 지친 모습으로 몇 걸음이나 걸었을까? 사내가 돌연 멈추는가 싶더니 그대로 바닥에 주저앉았다.

"에휴! 그냥 가지 말까?"

하지만 이내 한숨을 푸욱 내쉬며 자리에서 일어나야만 했다.

"내가 싼 똥이니, 내가 닦아야지. 누굴 탓해. 쯧!"

짧게 혀를 찬 그가 다시금 길을 걷는데, 지나는 이들의 대화소리가 유난히 귓속을 파고들었다.

"제국전쟁이 다시 시작됐는데, 이대로 있어도 되나 몰라."

"설마, 이곳까지 밀고 오려고."

"하기야. 서대륙 끝까지 오기에는 너무 멀지?"

"그래. 연합왕국에 합류한 숫자도 늘었다는데, 그놈들 상대하다보면 여기까지 올 기력도 안 날거야."

하나같이 제국전쟁과 관련된 이야기들이 가득했다.

"이렇게 멀리까지 왔는데, 결국 제국하고 얽혀버렸네. 하아……."

한숨이 절로 튀어나왔다.

"듣자하니 그레이브라는 놈들도 연합왕국에 합류 했다고 하던데."

"그놈들이 왜?"

"뭐라더라. 그… 망국의 사자?"

"그게 뭔데?"

"제국 때문에 멸망한 왕국들의 잔존세력들이라던데. 아무래도 상대가 상대다보니 조금이라도 더 전력이 필요했 겠지. 적당히 명분도 필요했을 테고."

가만히 듣고 있던 사내의 얼굴이 딱딱하게 굳어졌다.

'그레이브…'

서대륙 끝에서 동대륙까지 움직이게 만든 이유가 바로 그들이었다.

"하아… 이래서 공짜는 좋아하는 게 아닌데. 하필이면 그놈들하고 엮어서는. 에휴!"

공짜 밥에 몇 가지 재주를 건네준 정도였고, 그나마 건 넨 재주도 대단한 건 아니었다. 그럼에도 불구하고 이리 움직이는 이유는 간단했다.

이 사실을 '그' 가 알게 된다면 어찌 될지 모르는 까닭이었다.

〈어쭈? 많이 컸네.〉

그의 음성이 환청마냥 들려왔다.

〈어이. 무기력자야. 뒈지고 싶니?〉

온 몸을 부르르 떤 사내가 추욱 처진 얼굴로 재차 걸음을 옮겨갔다.

"내가 미쳤지. 내가 미쳤어."

동쪽으로는 볼일도 안 볼 생각이었건만, 이렇게 다시금 그곳으로 향하게 될 줄이야.

"끄으으응…."

앓는 소리와 한숨이 쉴 새 없이 목구멍을 넘나들었다.

❖

역시나 느낌이 다르다고 해야 할까?

"닳고 닳은 서큐버스들과는 느낌이 다르단 말이지."

쭈욱 기지개를 피며 시선을 들어보니, 유난히 맑은 하늘이 눈에 들어왔다. 열정적인 지난밤의 기억이 자꾸만 입꼬리를 말아 올렸다.

"어설퍼서 더 좋았지. 큭!"

사내, 천마는 가볍게 실소하며 저 하늘 한편으로 시선을 내던졌다. 정확히 동쪽 방향이었다.

"맘 같아서는 당장 달려가고 싶은데."

올라갔던 시선이 아래로 내려왔다. 그리고 정확히 지나는 여인의 뒷 자태를 눈에 담았다.

"쉽지가 않네. 쓰읍!"

흘러내리는 침을 닦아내는 그의 발길은 어느새 여인의 뒤를 쫓고 있었다.

매섭게 날아드는 손바닥이 보였다.

짜악!

뒤이어 시원한 타격소리와 함께 고개가 휙 하니 돌아갔다. 하지만 이상하게도 입가에는 미소가 한 가득 걸려있었다.

"변태!"

싸늘한 음성이 비수처럼 가슴을 파고들었다. 뒤이어 멀어지는 여인의 뒷모습이 보였다.

"큭! 그래. 이렇게 튕기는 맛이 있어야지."

천마는 작업이 실패했음에도 아쉬운 마음보다 즐거운 기분이 먼저 들었다.

이곳으로 돌아오기 전, 마계에서는 그의 존재감을 알게 된 뒤로는 대다수의 여성 마족들이 그를 거부하지 않았다.

'그게 꼭 나쁜 건 아니지만.'

중간과정 없이 결과만 도출되는 상황들이 때로는 맥이 빠지는 기분을 들게 하고는 했었다.

조금 전 여인의 열기가 남아있는 볼을 쓰다듬으며, 말아 올렸던 입 꼬리를 내렸다. 다시 쫓아갈 생각이 안 든 까닭 이었다.

'뒷모습은 참… 괜찮았는데.'

정면으로 마주하니 반전매력이 넘쳤다. 튕겨줘서 다행 이다 싶었다. 입맛을 다신 그가 발길을 돌렸다.

'우선은… 그 녀석이 어떻게 지내나 확인을 하는 게 먼 저겠지.'

이를 위해서 찾아갈 곳은 한 군데 뿐이었다.

정보길드!

가볍게 손목을 푸는 행동에서 그의 행동방향이 일부 비 쳐지고 있었다.

◈

법보다는 주먹, 말보다는 폭력이라고 했던가.

"역시 주둥이를 놀리는 것보다 이렇게 두들기는 게 더 편하단 말이지."

빙글거리며 내뱉는 이야기가 그토록 속을 긁을 수가 없 었다.

정보길드 '메네하임'의 길드장인 '아후만'은 자신을 깔고 앉은 이 괴팍한 사내에게 당장이라도 칼침을 놔주고 싶었다. 하지만 안타깝게도 그의 강함을 몸소 체험한 터라 그 계획을 실행할 수가 없었다.

'괴물 같은 놈!'

갑자기 쳐들어와서 그의 길드원들을 홀로 박살내버린 괴물이었다. 비록 소규모 길드라고는 하나 그래도 길드라고 불리는 만큼, 그 전력이 결코 무시당할 정도는 아니었다.

게다가 그를 더욱 답답하게 만드는 건 그의 행동이었다. 뭔가를 물어보고 싶어서 왔을 게 분명하건만, 질문을 던지기보다 주먹을 던졌고, 그에게 얻어내려 하기보다 길드를 터는 일에 전념하는 게 아닌가.

"오호~! 여기 있네."

어느새 등 뒤가 가벼워진다 싶더니, 사내가 저 한쪽의 벽을 통째로 뜯어내는 게 보였다.

'으악!'

하마터면 비명이 터져 나올 뻔 봤다. 그도 그럴게 길드의 고급 정보가 숨겨져 있는 비밀금고가 저 벽 뒤편에 있는 까닭이었다.

'무식한 새끼!'

정식 방법이 아니라, 벽을 통째로 뜯고 금고마저도 우악스럽게 박살내는 모습에 소름이 끼쳤다. 더욱 무서운 건, 저렇게 행동하고 있건만 금고에 걸린 마법이 발동하지 않는다는 점이었다.

애초에 발동할 시간 자제가 없었다. 워낙 순식간에 뜯고 박살낸 까닭이었다.

'돈 좀 더 들일 걸. 괜히 돈 아낀다고… 젠장!'

괜한 아쉬움을 뒤로 한 채, 조심스레 사내의 행동을 관찰했다. 그러며 그가 보고 넘기는 서류들을 조심스레 머릿속에 담아두었다.

나중에 사내가 떠난 뒤 확인을 하기 위해서였다. 그가 무엇을 위해 이곳을 찾은 것인지, 그가 원한 정보가 무엇인지. 이 모든 게 새로운 정보가 되어 남을 것이기 때문이었다.

'…그것도 살아있을 때나 가능한 일인가.'

암울한 생각이 머릿속을 가득 채우고 있었으나, 두 눈은 착실히 정보를 추적하느라 바빴다. 본능이자 습관 같은 거였다.

"흐응…."

이를 들킨 걸까? 사내가 흥미로운 눈초리로 그를 바라보고 있었다. 뜨끔한 얼굴로 급히 시선을 거두며 고개를 바닥에 붙이는데, 머리 위로 사내의 음성이 내리꽂혔다.

"제법이네."

무슨 의미일까? 궁금한 마음이 들었으나, 두려움 때문에 차마 묻지는 못했다. 그렇게 한참을 바닥의 질감을 감상하고 있을 때였다. 왠지 모를 허전한 느낌이 자꾸만 그를 자극하는 게 아닌가. 혹시나 하는 마음에 고개를 위로 들어올렸다.

"끄응⋯."

앓는 소리가 절로 튀어나왔다. 언제 사라진 것인지, 사내의 모습이 더는 보이질 않았던 까닭이었다.

느낌상으로는 마지막으로 말을 건넸던 그 무렵에 떠난 것 같았다.

'유령 같은 놈!'

한 차례 몸서리를 친 그가 살아남았다는 안도감에 연달아 한숨을 내뱉을 때였다.

"으으으음⋯."

저 한편으로 길드원의 신음성들이 들려왔다. 한 두 개가 아니었다. 급히 다가가 확인을 한 그의 표정이 복잡하게 변해버렸다.

'살아있어?'

쓰러진 길드원 전부 숨이 붙어있었다.

'괴물!'

그 단어가 다시금 머릿속을 채웠다. 그의 길드가 통째로 '제압' 당했다는 부분에서 재차 소름이 끼쳤다.

문득 그의 시선이 금고방향으로 향했다. 그가 구하려 했던 정보가 궁금해진 것이다. 후다닥 달려가 정보들을 하나하나 분류했고, 이내 몇 가지 정보들을 뽑아낼 수 있었다.

'브라만… 대공?'

어째서 그와 관련된 정보를 찾은 것인지는 모르겠으나, 워낙 적들이 많은 대공의 위치를 생각하니 그럴 수도 있겠다 싶었다. 이어서 밝혀진 정보가 의외였다.

'루디안?'

모를 수 없는 이름이었다, 그를 비롯한 이곳 서대륙에서 활동하는 정보원이라면, 결코 그 이름을 몰라서는 안 된다.

한때나마 서대륙을 대표하던 정보길드의 이름이었기 때문이다.

'그들은 왜?'

당연한 의문이었다. 그도 그렇게 루디안이 서대륙을 대표하던 건, 말 그대로 '한 때'의 일이 아니던가.

'이제는 겨우 명맥만 유지하는 정보길드를… 왜?'

사내가 사라진 지금, 안타깝게도 의문에 대한 답은 들을 수 없었다. 그저 사내에 대한 기억과 지금의 상황들을 새로운 정보로써 분류하는 것, 그게 지금 할 수 있는 전부일 뿐이었다.

시원하게 정보길드를 뒤엎고 나온 덕분일까? 천마는 한층 상쾌해진 얼굴로 길을 걷고 있었다.

"이래서 화는 그때그때 풀어야 한다니까."

반 정도는 여성에게 딱지맞은 분풀이라 할 수 있기에, 유난히 그 미소가 싱그러웠다. 하지만 이내 미소에 균열이 생겼다. 정보길드에서 재미없는 내용을 읽은 까닭이었다.

"브라만 대공. 행선지 불명. 정보 없음… 인가."

대충 예상했던 상황이기에 문제될 건 없었다. 그를 자극하는 건 다른 이유 때문이었다.

"루디안의 분열이라."

과거, 브라만 대공으로써 활동하던 당시, 이곳 서대륙으로의 진군을 위해 마련한 첩보조가 바로 그들 루디안 길드였다.

물론, 루디안 길드는 이 사실을 모르고 있었으나, 결국 천마가 부리던 길드라는 걸 생각하면, 크게 다를 건 없는 부분이었다.

'뭐… 내가 부리던 길드는 아닌가.'

좀 더 정확히는 그의 '여인'이 움직이던 길드였다.

"쓰릅…."

그녀를 떠올리자 저도 모르게 침이 흘러내렸다.

"이제는 50대가 다 됐겠네."

나름 괜찮은 주안술을 전해준 만큼, 그 미모가 여전할거라는 기대감이 있었다.

태양빛마냥 붉게 타오르던 머릿결과 그 이상으로 뜨겁던 육체를 떠올리니, 절로 눈빛이 몽롱해졌다.

다음 행선지가 정해지는 순간이었다.

"…츄릅!"

물론, 최종목적지는 언제나 변함이 없었다.

아루낙 마을!

단지 거기까지 가는 과정이 문제일 뿐이었다.

모든 문젯거리가 해결되었고, 더 이상 자신의 역할은 남아있지 않다고 여겼다.

'마나의 품으로 돌아가는 일만 남았다고 생각했는데.'

로드의 권능을 통해, 전신가득 밀려드는 이 압박감은 그로 하여금 아직 끝이 아니라고 알려왔다.

"허어…."

라바운트는 불편한 얼굴로 연신 하늘을 바라봤다.

"데카르단보다 더 큰 어둠이라."

세상의 흐름이 내비치는 미묘한 변화까지도 읽어낼 수

있었기에, 제튼이 눈치 챌 수 없던 부분까지 파악해냈고, 그로 인해 데카르단과 별도로 새로운 문제가 발생했다는 걸 알아낼 수 있었다.

로드의 권능을 통해 세계수에게 이 부분에 대한 조언을 얻고자 했으나, 안타깝게도 세계수도 이에 관한 정보를 제대로 전해주지 못했다.

그리고 이 부분이 더욱 그를 불편하게 만들었다.

'세계수의 눈을 가릴 정도의 어둠이라니.'

결국 본의 아니게 휴가기간이 연장되었고, 재차 아루낙 마을에 엉덩이를 걸쳐야만 했다.

당연하게도 그의 체류기간이 늘어날수록 제튼의 눈총이 심해지는 건 어쩔 수가 없었다. 그렇게 불편한 연장휴가를 즐기고 있을 즈음, 뜻밖의 존재가 연락을 취해왔다.

'데카르단?'

저 멀리서부터 전해지는 감각이 그의 정신을 일깨웠다. 로드의 권능이 발휘되었다는 걸 알았고, 일족의 수가 늘었다는 걸 느꼈다.

틈새의 일족이 밖으로 나온 것이다. 처음에는 데카르단이라고 여겼으나, 뒤이어 날아든 통신에 다른 존재임을 확인할 수 있었다.

[로드를 뵙습니다.]

'하무라반?'

틈새에 몇 없는 고룡이었다. 정확히는 아직 한 발 걸친 정도였으나, 틈새의 각박한 생활 덕분인지 고룡이라 하기에 충분한 능력을 지니고 있었다.

"절차를 지키지 않았구나."

그의 이야기에 하무라반이 떨리는 음성으로 답했다.

[급히 드릴 말씀이 있어서, 이렇게 죄를 범했습니다.]

틈새의 일족이 밖으로 나오고자 한다면, 드래고니안을 통해 그와 연락을 취한 뒤, 정식으로 허락을 맡아야만 했다.

하지만 이 방법은 생각보다 시간이 걸렸다.

'절차를 어길 정도로 급한 일이 있다는 건데….'

거기까지 생각하던 라바운트의 시선이 하늘로 올라갔다. 생각나는 게 있는 까닭이었다.

'설마….'

딱딱하게 굳어있는 그에게 하무라반의 통신이 전해져 왔다.

[마족이 나타났습니다!]

뜻밖의 단어에 라바운트의 신경이 통신으로 집중됐다.

"…자세히 설명해 봐라."

뒤이어 이야기가 진행되고, 이내 그 내용이 전부 전달되었을 즈음에는 라바운트의 두 눈이 질끈 감겨 있었다.

'천마.'

나와서는 안 될 이름을 들어버렸다.

[대사제… 대카르단님께서 직접 나오시려 했습니다만, 이미 문제가 있으셨기에, 제가 이렇게 죄를 범했습니다.]

"여전히 너희는 스스로를 대사제에 수호자라 칭하나 보구나."

[……]

사죄의 말이 없었다.

"너희는 기어이 경계를 구분하고자 하는구나."

[……죄송합니다.]

"후우… 이 부분은 차후에 다시 이야기하도록 하마."

우선시 되어야 할 문제는 따로 있었다. 통신을 끝낸 그의 시선이 한쪽으로 돌아갔다.

'결국….'

저 멀리 익숙한 지붕이 눈에 들어왔다. 반트 일가의 집이었다. 자연스레 제튼의 모습이 그려졌다.

'그에게 말해야 할까?'

이내 고개를 흔들며 이 생각을 지웠다. 데카르단으로 인해 충분히 고생하지 않았던가.

'여기서 더 바라면 욕심이겠지. 게다가….'

천마의 존재를 떠올렸다. 동시에 하나의 얼굴이 그려졌다.

아르마함 바세비아스!

그에 앞서 일족을 이끌던 존재로써, 최후의 순간 마룡으로 낙인찍힌 채 부정한 죽음을 당했던 존재였다.

'그야말로 전대의 과실일지니.'

결국, 가장 큰 비틀림은 그들에게서부터 시작된 것이니, 이를 해결하는 것 역시 그의 과업일 터였다.

일족의 로드로써 진정한 끝을 느끼는 순간이었다.

'부디….'

그의 손에서 끝낼 수 있기만을 바랄 뿐이었다.

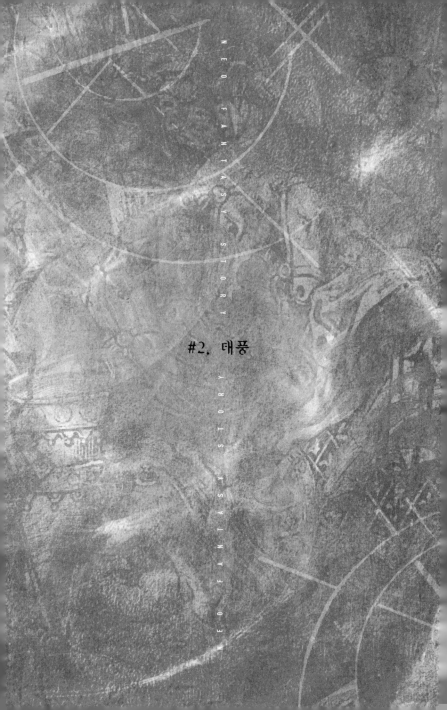

#2. 대풍

#2. 태풍

오래 전, 어둠이 창궐하여 세상을 죽음으로 뒤덮던 시기가 있었다.

수많은 삶이 그 생을 다하고, 붉은 핏물이 새 역사를 쓰기 시작하던 그 무렵, 부정한 어둠을 걷어내고자 하늘의 뜻을 받은 빛의 사자들이 지상에 내려왔다.

그리고 이내 치열한 전투가 시작됐다.

하지만 어둠은 짙었고, 죽음 또한 너무도 깊었다.

'선뜻 승부가 나지 않았지.'

때로는 패배마저 생각했던 시기도 있었다.

'그렇지만… 결국 승리한 건 우리였지.'

라바운트는 옛 기억을 떠올리며 쓰게 웃는데, 어째서인지 그 미소에는 슬픔이 가득 깃들어 있었다. 신의 사자라 불리던 그들 일족의 희생을 떠올린 까닭이었다.

일족의 절반 이상이 그 당시에 희생되었고, 이후에도 당시의 상처를 끌어안고 지내다 단명한 이들이 대부분이었다.

그나마 남은 이들도 어둠에 잠식되어 '마'에 빠져든 채 허우적거리다 부정한 존재가 되거나, 영광스럽지 못한 죽음을 받아들여야만 했다.

틈새의 일족들 역시, 이러한 암흑기의 여파로 인해 탄생한 것이 아니던가.

'그리고…'

아르마함 바세비아드!

그 역시 부정에 물든 존재였다.

대개의 일족들은 그 부정을 파악하는데 문제가 없었다. 하지만 아르마함의 경우에는 그게 쉽지가 않았다.

드래곤 로드!

일족 최고의 고룡이자 최강의 존재인 그였다. 당연하게도 그가 숨기고자 한다면, 결코 알아내지 못할 수밖에 없었다.

뒤늦게나마 그 정체를 알아냈던 건, 후계의 계승이 시작되고, 상당부분 로드의 권능이 그에게로 흘러들어왔을 즈음에서였다.

어째서 권능을 넘긴 것일까?

'그대로 있었더라면… 결코 몰랐을 텐데.'

이에 관해서 많은 생각들을 했고, 그나마 내린 결론은 하나였다.

'그분의 마지막 이성이었겠지.'

일족 제일의 천재이자 기대주였던 데카르단이 아닌, 그에게 수장의 자리를 건넸던 것도 이와 같은 이유에서일 터였다.

라바운트가 일족의 수장 자리에 오른 뒤, 가장 먼저 한 일은 아르마함이 벌려놓은 일들을 수습하는 것이었다.

'잘 처리했다고 생각했건만.'

천마의 존재를 알게 된 순간, 그게 착각이라는 걸 깨달았다.

벨로아와 마찬가지로, 아니 그보다 더 전에 이미 그는 세상의 이변을 알아챘다. 하지만 그게 천마일 것이라고는 생각지 못했다.

마의 일부가 넘어왔고, 언제고 그 실체를 드러내게 될 거라 여기며 기다렸다.

굳이 처음부터 나설 이유는 없었다. 세상에 커다란 해악을 끼치는 게 아니라면, 굳이 그들 일족이 나설 필요가 없다 여긴 까닭이었다.

'이번은… 내 실수인가.'

안색을 굳힌 그가 제튼을 떠올렸다.

'그 역시 결국은 피해자일 뿐이지.'

천마라는 존재의 등장은 아르마함의 직권남용으로 인해 발생한 비틀림이었다.

일족의 수장으로써 일족을 너무도 아끼고 사랑했기에, 저들 어둠의 세력에 입은 피해를 가슴 깊이 담은 것이다.

그것이 이내 커다란 불꽃이 되었고, 비틀린 계획을 실행시켰다.

'마로써 마를 제압하려 하시다니.'

이곳이 아닌, 다른 세상, 다른 차원의 어둠을 끌어들여 이를 제압한 뒤, 어둠의 세력에게 보내려 한 것이다.

결국, 이 모든 계획은 라바운트 권능으로 인해 해체되었다.

'그렇게… 해결했다고 믿었건만.'

이곳 세상이 아닌, 다른 차원에 그의 잔재가 남아있었던 모양이었다.

그것이 '죽은 자'의 영혼을 끌어들인 것이다. 마의 우두머리와 견줄만한 어둠을 끌어들이는 일이었다. 온전한 존재를 끌어내는 건 무리가 있었다.

때문에 '산 자'가 아닌 죽은 존재를 선택한 것이다.

'천마. 그 역시도 자신의 세상에서는 이미 죽은 존재였겠지.'

단지, 생전의 그 강대한 존재감으로 인해, 오랜 시간을 공허의 세상에 부유하며 끝없이 삶을 갈망하고 있었으리라.

그런 존재를 의도적으로 이 세상에 소환했다. 이미 여기서 한 번의 비틀림이 발생한다. 거기에 죽은 자를 다시 소생시킨다.

이것이 두 번의 비틀림을 낳고, 마지막으로 이 존재를 마계에 밀어 넣는다. 거대한 비틀림 덩어리는 마계를 통째로 어그러트릴 터였다.

'계획대로라면 분명… 그렇게 되어야 했겠지.'

하지만 계획은 시작부터 변수들이 등장했다.

먼저, 라바운트로 인해 이곳 세상에 펼쳐진 권능이 제거되었다.

둘, 천마는 제튼을 죽이지 않고 그와 '공생' 하였다.

셋, 제튼의 육신을 지닌 채, 그 거대한 비틀림을 안고 마계로 가야 할 천마가, 영혼만 이동한 것이다.

여기서 한 가지 의문이 생겨났다.

'그는… 분명히 자신의 세상으로 돌아간다고 하지 않았던가?'

제튼에게 들은 이야기는 분명 그렇게 끝을 맺었다. 헌데, 어찌하여 천마가 마계로 향했는가.

다양한 의문들이 있었으나, 그나마 그럴싸한 가설은 하나

뿐이었다.

'아르마함님이 펼친 권능이 아직 남아있는 것인가.'

그로 인해서 천마의 이동이 비틀렸을 가능성이 컸다.

이곳 세상이 아닌, 다른 세상에 펼친 권능에 대해서도 조사가 필요하다는 생각이 들었다.

그의 시선이 아루낙 마을을 한 차례 훑었다.

'이곳을 떠날 때가 온 것인가.'

굳이 여기에 머물던 이유가 무엇이던가.

'제른…'

세상에서 가장 큰 존재감을 지닌 그가 이곳에 있는 까닭이었다. 하지만 이제 불길한 어둠의 정체를 알았으니, 더 이상 이곳에 머물 이유가 없었다.

천마와 제른의 관계를 생각한다면, 이곳에 머무는 게 천마와 만날 가장 확실한 방법이겠으나, 자꾸만 꼬여가는 제른의 삶을 생각한다면, 더는 그에게 피해를 입히고 싶지 않았다.

'그는 할 만큼 했으니까.'

인생의 20년을 빼앗기고, 그런 이후로도 과거의 악연으로 인해 온전한 일상들을 누리지 못하고 있었다.

때문에 이번만큼은 그에게 피해 없도록 하고 싶었다. 특히, 그 대상이 천마라는 걸 생각한다면, 최대한 그가 모르게 끝내는 것이 옳다고 여겼다.

'우선은 그… 천마를 찾는 게 먼저인가.'

한 차례 제튼의 집이 있는 방향을 쳐다본 뒤, 이내 발길
을 돌렸다.

◆

생경한 형식의 건물들이 눈에 보였다. 그 중에서 가장
독특한 건, 목재를 쌓아 만든 것 같은 건축물로써, 괴이한
형식의 문양들이 특히 시선을 잡아끌었다.

이 낯선 풍경 속으로 간혹 익숙한 건물들이 시야에 담겼
는데, 그럴 때면 저도 모르게 반가운 마음이 들고는 했다.

'이건… 꿈이군.'

대번에 깨달았다. 지금 자신이 오랜 옛 시절을 부유하는
중이라는 걸.

심상의 세계!

한 육신에 두 개의 영혼이 공존했던 시절, 그가 머물던
공간이었다.

낯선 건축물들은 육신을 빼앗아갔던 존재, '천마'의 기
억이 담긴 것이고, 간혹 보이던 익숙한 건물들의 경우는
자신의 기억이 재구성된 것들이었다.

천마가 만든 세상이다 보니, 그의 기억이 중심을 이룰
수밖에 없었다.

그로써는 경험할 수 없는 다양한 건축물들이 눈을 즐겁게 해 줬으나, 그것도 초반에 잠깐이었다.

당연했다.

'외로운 장소였지….'

그 외에는 아무도 없었다. 무인도나 다를 게 없던 것이다. 거기다 이곳에서 조금만 걸어 나가면 삭막하다 싶을 정도로 드넓은 평야가 나오는데, 그 끝이 보이지 않아서일까? 더욱 깊은 고독을 느끼게 하고는 했다.

문득 궁금해졌다.

'어째서 이 시절의 꿈을…?'

육신을 돌려받고, 최초 2~3년 정도는 악몽처럼 이 무렵의 꿈을 꾸고는 했었다.

하지만 셀린을 만나고 그녀와 가정을 꾸린 뒤, 심적인 안정감을 되찾으며 점차적으로 이 무렵을 잊어갈 수 있었다.

십여년의 세월을 지나 갑작스레 이런 꿈을 꾸는 이유가 무엇일까?

거기까지 생각이 미치자 새로운 의문이 이어졌다.

'놈은?'

그의 존재를 찾고자 시선을 주변으로 돌렸고, 이내 그를 발견했다.

'천마….'

조금 전 까지 아무것도 없던 공간에 그가 나타난 것이다. 이내 그가 웃으며 말을 건네 왔다.

"허억!"

거친 호흡과 함께 잠에서 깼을 때, 볼을 타고 흘러내리는 굵직한 땀방울을 느끼며, 뒤늦게 전신이 축축하게 적셔져 있다는 걸 깨달았다.

제튼은 조금 전 꿈속의 내용을 머릿속으로 떠올렸다.

'그 음성….'

마지막 순간, 그가 건넸던 한마디가 생각났다.

〈오랜만이다.〉

별 거 아닌 그 말에 저도 모르게 소름이 끼쳤다.

'어째서?'

그런 꿈을 꾼 이유가 무엇일까? 옛 시절을 기억하는 것만으로도 몸서리가 쳐지건만, 악몽의 주체마저 등장했다.

"으음… 여보?"

갑작스런 그의 뒤척임에 잠이 깬 것일까? 셀린의 몽롱한 음성이 들려왔다. 이내 하얗게 질린 제튼의 안색을 발견한 듯, 자리에서 벌떡 일어나는 게 보였다.

"왜 그래? 무슨 일이야?"

그녀의 걱정스런 물음을 받고 나자, 그제야 마음이 한결 풀어지며 기분이 나아졌다.

"별 거 아니야. 잠깐 악몽을 좀 꿔서 그래."

그리 답하고 있었으나, 땀으로 범벅이 된 그의 얼굴이 그녀의 마음을 불편하게 만들었다. 궁금증이 올라왔으나 묻지 않았으면 하는 남편의 모습에, 할 수 없다는 듯 한숨을 내쉬며 속을 달래야만 했다.

잠시 제튼을 바라보던 그녀가 소매를 들어 그의 땀방울을 닦아냈다. 하지만 놀란 마음에 그저 조용히 넘어가기가 어려웠던지, 결국 짧게 한마디를 했다.

"너무 기다리게 하지 마."

"……."

그 순간 제튼은 울컥하는 심정을 느꼈다. 홧김에 내뱉는 한마디에서도 그녀의 배려를 느낀 까닭이었다.

'말해버려?'

과거에 대한 비밀들을 폭로해 버릴까 싶었다. 하지만 이내 꿀꺽 삼켜버렸다. 언젠가 말을 해야 한다는 건 알고 있었으나, 기왕이면 최대한 비밀로 하고 싶은 마음 역시도 품은 까닭이었다.

너무 큰 비밀이다 보니, 오히려 가까운 이에게 더욱 숨기게 되는 것 같았다.

"미안."

때문에 그가 할 수 있는 대답이라고는 이것뿐이었다. 그 순간 셸린의 입가에 걸린 쓰디쓴 미소가 비수처럼 가슴을 찔러왔다.

'미안…'

아릿한 통증이 가슴 깊이 남았다.

◈

오랜만에 만난 덕분일까?

'뜨거웠지!'

나이가 무색할 정도로 열정적인 하루를 보낼 수 있었다. 때문에 안타까웠다.

'그는… 나와 다르니까.'

오랜 세월 그만을 기다려왔던 그녀와 달리, 그의 마음 속에서 그녀의 존재란 실로 희박하다는 걸 느낀 까닭이었다.

정보를 다루는 위치에 있다 보니, 더욱 이런 부분에 민감한 걸지도 몰랐다.

'그게 아니면, 여인으로써의 감이려나. 훗!'

한 차례 씁쓸한 미소로 감정의 여운을 갈무리한 그녀가 한편으로 시선을 돌렸다.

창가에 서 있는 그의 뒷모습이 보였다. 아무것도 걸치지 않은 맨몸이었지만, 너무도 완벽한 그 육신은 오히려 옷가지가 불편하게 여겨질 정도였다.

곳곳에 상처로 얼룩진 흔적들이 보였으나, 그 때문에 더욱 자극적인 매력이 넘쳐나는 것 같았다.

'무슨 일이 있었던 걸까?'

십여 년의 세월이나 만나지 못했지만, 그녀는 머릿속에서 그의 모습을 지운 적이 없었다. 때문에 그가 과거와는 달라져 있다는 걸 한 눈에 파악할 수 있었다.

과거에는 볼 수 없던 상처들을 제외하더라도, 예전과 달라진 체구라던가 전체적인 분위기 등이 과거와 다른 그를 표현하고 있던 것이다.

궁금했으나 묻지 않았다. 지금은 그저 이렇게 그와 함께하는 시간을 즐기고 싶을 뿐이었다.

문득, 창가에 서 있던 그가 시선을 돌리는 게 보였다. 한 차례 자신의 전신을 훑어보던 그의 동공에 뜨거운 불길이 일어나는 게 느껴졌다.

'…또?'

앞서 나이가 무색하다는 표현을 했으나, 아무래도 취소해야 할 듯싶었다.

슬슬 지쳐가는 걸 느낀 까닭이었다.

'하지만….'

그가 다가오는 게 보였다.

'…그렇다고 해서 물러설 생각은 없지.'

기다리기만 하는 건 그녀의 성격이 아니었다. 침대에서

벌떡 일어난 그녀가 먼저 그에게 달려들었다.

　상상했던 것 이상이었다. 역시나라고 해야 할까?
　'화끈하단 말이지.'
　천마는 즐겁다는 듯, 입 꼬리를 말아 올리며 왼편을 바라봤다. 이제는 정말 지쳤다는 듯, 반쯤은 기절하듯 잠이 든 여인이 보였다.
　타냐 에칠렌!
　한 때, 서대륙 제일의 정보길드였던 루디안의 수장이 바로 그녀의 정체였다.
　과거와 크게 달라진 게 없는 미모를 보고 있자니, 절로 흡족한 미소가 그려졌다.
　'역시, 미모관리에는 주안술 만한 게 없지.'
　연공의 법도 함께 담겨있던 까닭에, 익스퍼트 최상급에 이르는 오러량 역시 보유하고 있었다.
　한 대륙을 휘어잡던 정보길드의 수장다운 실력이었다.
　'뭐… 그보다는 정보 분석에 탁월한 재능을 발휘해서 선택한 거지만.'
　물론, 제튼이 들었다면 배꼽 잡을 이야기였다.
　〈하! 백퍼센트 얼굴로 뽑은 거면서.〉
　한동안 타냐의 나신으로 눈요기를 하던 그의 시선이 창 밖으로 향했다. 어느덧 저 하늘의 풍경에 푸른빛이 감돌면서, 새 아침이 밝아오고 있음을 알려왔다.

"탈만 아드로크라…."

한 사내의 얼굴이 떠올랐다. 정보길드 루디안의 분열을 조장한 자로써, 오래 전 루디안의 부길드장으로써 몇 차례 얼굴을 본 적이 있는 사내였다.

"내 여자를 건드렸단 말이지."

즐겁다는 듯 말려 올라간 입 꼬리와 달리, 그 눈동자는 너무도 차가운 한기를 뿜어내고 있었다.

❖

단 하나의 이름아래 모여 있는 동대륙과 달리, 대륙의 나머지 지역들은 다양한 왕국들의 통치아래 움직이고 있었다.

물론, 그 중에서도 단연 돋보이는 왕국들이 있고, 그들이 각각 서쪽과 남쪽 그리고 북쪽을 대표하는 왕국으로써 불리고는 했다.

하무람 왕국.

대륙 서쪽을 대표한다고 할 수 있는 왕국으로써, 이제 겨우 백년도 못되는 짧은 역사를 지닌 젊은 신생 국가였다.

그 젊은 열정 덕분일까? 남다른 공격성으로 빠르게 그

세를 불려왔었는데, 최근 들어 그 기세가 상당부분 주춤하는 사건이 있었다.

칼레이드 제국!

그들의 등장으로 인해 그 뜨거운 열정이 꺾여버린 것이다.

'브라만 대공.'

좀 더 정확히는 그의 존재 때문이었다.

'실로… 압도적이었지.'

칼레이드의 제국 전쟁 당시, 먼 거리에서 제국의 영웅을 관찰한 적이 있었다. 그리고 이내 두려움에 몸을 사려야만 했다.

'이 나로 하여금 공포를 느끼게 한 사내.'

언제나 그를 떠올리면 손끝이 떨렸다.

흉왕!

그 명성이 부끄럽게 느껴질 만큼 민망한 상황이었으나, 어쩔 수 없다고 여겼다.

'그는… 격이 다른 존재니까.'

때문에 피했다. 도망쳤다고 해도 상관없었다.

'기다리다 보면 기회는 올 테니까.'

그의 부친이 했던 이야기를 떠올리며 참았다. 그렇게 숨을 죽이고 있으니 정말로 그가 떠나버렸다.

브라만 대공의 잠적!

혹시나 하는 마음에 좀 더 기다리고 기다렸다. 중간에

잠시 몸을 드러낸 적이 있었는데, 당시에는 자신의 일도 아니건만 괜히 이를 악 물었을 정도로 놀랐다.

하지만 그때가 끝이었다. 이후 대공은 모습을 드러내지 않았다.

'좀 더 기다릴까도 싶었지만….'

안타깝게도 흉왕이라 불리던 명성이 희미해지고 있었다. 완전히 그 이름이 지워지기 전에, 아직 젊음의 혈기가 남아있는 이 때에, 마지막 승부수를 띄우고자 했다.

그 첫걸음이 바로 정보길드였다.

자체적인 정보력도 무시할 수 없었으나, 더욱 탄탄하고 확실한 정보력을 갖추고자 하였고, 그 희생양으로 뽑힌 게 바로 루디안길드였다.

서대륙 제일의 정보길드인 그들이 아니던가. 당연하게도 목표가 될 수밖에 없었다.

'상대는 대륙 그 자체나 다름없으니까.'

애초에 그들에게 발을 뻗어놓은 덕분에, 그리 오랜 시간이 걸리지는 않았다.

'탈만 아드로크.'

루디안의 부길드장으로써 남다른 야심을 품고 있는 사내였다. 때문에 이를 이용해 루디안 길드를 분열했고, 그렇게 쪼개진 루디안의 잔재들을 하나하나 흡수한 뒤, 하무람 왕국의 정보력으로 새롭게 재탄생시켰다.

여기서 재미있는 건, 탈만은 새로운 정보단체에서도 2인자의 위치를 넘지 못했다는 점이었다.

'배신자를 꼭대기에 놓을 수는 없잖아.'

혹여 쌓일지 모르는 불만은 정식 작위를 내림으로써 통제했다.

무려 대귀족이라 불리는 백작의 작위였다.

그것도 무려 서대륙을 대표한다는 하무람 왕국의 작위가 아니던가. 불만을 안으로 삭일만한 조건은 되었을 것이다.

'제 놈이 한 실수를 안다면, 그걸로 만족 해야겠지.'

루디안의 분열은 분명 탈만의 공이었다. 하지만 분열된 루디안을 온전히 집어삼키지 못한 것 역시 탈만의 욕심으로 인해서였다.

'타냐…라고 했던가?'

단 한번 보았던 루디안의 길드장이 떠올랐다.

'확실히 대단한 미인이었지.'

탈만은 그 여인을 품고자 했고, 죽여야 하는 기존의 계획에서 포획으로 바꿔버렸다. 그로 인해서 결국 그녀는 살아남았고, 조직의 머리가 온전했던 루디안은 작게나마 그 형체를 유지할 수 있었다.

'뭐… 그것도 얼마 안 남았겠지만.'

이미 서대륙의 정보력을 한 손에 움켜쥔 상태였다. 천

천히 하지만 확실하게 루디안의 잔존세력을 흡수하는 중이었고, 또한 그들의 정점인 타냐 역시도 추격하고 있었다.

물론, 쉽지는 않았다.

계획이 실행되고 벌써 5년여의 시간이 흘렀건만, 여전히 루디안은 활동을 하고 있었다. 물론 과거와 같은 이름을 사용하지는 않았다.

'지난번에는 에드로크라는 이름으로 활동을 했었지.'

다양한 이름으로 거점을 옮겨가며 꾸준히 조직을 유지하는 건 분명 대단했다. 하지만 오랜 세월동안 축적되어온 하무람 왕국의 타격이 슬슬 결실을 맺히는 듯, 점차 그들을 발견하는 기간이 짧아지고 있었다.

'굳이 이 정도까지 할 필요는 없지만.'

안타깝게도 그 역시 탈만과 같은 욕심이 생겨버렸다.

"타냐 에칠렌."

한 차례 그녀의 풀네임을 입에 담아봤다. 자연스레 그 미모가 머릿속을 채웠다.

뜨거운 불꽃을 연상시키던 머릿결이 생각났다.

"화염이라…."

흉왕이라 불리는 자신에게 너무도 어울리는 이미지였다.

아드로크 백작가.

서대륙을 대표하는 하무람 왕국의 새로운 대귀족으로써, 왕국의 정점이자 영웅이라 불리는 흉왕과 깊은 친분이 있다고 알려진 유명인사였다.

그 때문일까?

아드로크 백작가의 저택은 연일 손님들로 넘쳐났고, 하루가 허다하고 많은 귀물들이 저택의 담장을 넘어오고는 했다.

분명 경사스러운 일이었다.

하지만 그럼에도 불구하고 아드로크 백작의 얼굴에는 불만이 가득 실려 있었다.

어찌하여 그는 이런 표정을 짓고 있는 것일까?

"별 영양가 없는 놈들만 들락거리는군. 쯧!"

바로 이 부분이 그의 심기를 자극하고 있던 까닭이었다. 저택을 드나드는 이들 중, 하무람 왕국의 실권자들은 보기가 어려웠다.

대귀족이라 불리는 이들도 방문을 하고는 했으나, 그들 역시도 실질적인 권력의 중추는 아니었다.

실권자라 할 법한 이들도 간혹 문턱을 넘고는 했는데, 그가 느끼기로 이들의 등장은 그야말로 보여주기 식의 한시적 방문일 뿐이었다.

아마도 흉왕의 언질이 있었으리라고 여겨졌다.

"젠장! 빌어먹을!"

연신 욕짓거리를 내뱉으며 술을 들이키는 그의 귓가로 뜻밖의 음성이 다가왔다.

"고작 이걸 위해서였니?"

정신이 번쩍 들었다.

'타냐?'

고개를 돌려 창가를 바라보니, 아니나 다를까. 정말로 그녀가 서 있는 게 아닌가.

"어떻…게?"

이곳이 어디던가. 바로 하무람 왕국의 수도요. 그 중에서도 대귀족들의 저택이 몰려있는 중심지였다.

루디안의 길드장인 타냐에게는 가장 위험한 장소가 바로 이곳인 것이다. 헌데, 그 위험지대, 그 중에서도 특히 위험성이 높은 이곳 아드로크 백작가에 모습을 드러내다니.

술로 인한 환상이라는 생각마저 들게 할 정도의 상황이었다.

'진짜다!'

자신의 볼을 꼬집으며 충격의 강도를 확인한 뒤에야 새삼 눈앞의 여인이 현실이라는 걸 깨달았다.

"이런 대접이나 받으려고 나를 배신한 거니?"

문득 들려온 그녀의 질문에 잡다한 상념들을 뒤로 밀었다. 그러며 비릿한 미소를 입가에 내걸었다.

"드디어 내 품에 안길 마음이 들었나?"

그 말에 타냐의 미간에 옅은 주름이 잡혔다.

"어릴 때는 제법 귀여웠었는데, 이제는 아주 징그럽게 변해버렸어. 쯧!"

그녀의 이야기에 이번에는 아드로크 백작의 미간에 주름이 그려졌다.

"당신은… 누님은 여전히 아름답구려."

어린 시절부터 동경하며 마음에 품어왔던 여인이었다.

'젠장! 그 빌어먹을 놈만 아니었더라면.'

그랬다면 분명 자신과 함께했을 것이라고 여겼다.

'그 빌어먹을 놈만…… 음?'

돌연, 아드로크 백작의 시선이 타냐의 곁으로 돌아갔다. 갑작스런 등장으로 인해 그녀에게만 쏠려 있던 시야가 일부 넓혀지며, 그 곁에 서 있는 새로운 그림자를 발견한 까닭이었다.

그리고 이내 그림자의 얼굴을 확인했을 때, 또 다른 의미로 정신이 번쩍 드는 기분을 맛봐야만 했다.

"…너는……?"

가장 보고 싶지 않았던 존재가 그곳에 서 있었다. 딱딱하게 경직된 그의 정신세계 너머로 그림자가 말을 걸어왔다.

"오랜만이네."

묵직한 중저음의 음성을 듣는 순간 확신했다.

'그 놈이다!'

바라던 그녀, 타냐의 마음을 빼앗아갔던 그 사내였다.

"…살아있었나?"

당연한 물음이었다. 그도 그렇게 무려 십여년이 넘도록 모습을 보이지 않았으니, 생사에 대한 의심을 할 수밖에 없었다.

"이 몸은 영생불사이니라. 크하핫!"

도통 알 수 없는 이야기에 고개를 갸웃거리던 아드로크 백작이 이내 표정을 구기며 입을 열었다.

"그렇잖아도 그 재수 없는 낯짝을 찢어버리고 싶었는데. 잘 됐군."

섬뜩한 이야기와 함께 지어보이는 미소가 더없이 싸늘했다.

"이름이… 그래. '베이만'이었지."

그녀의 마음을 훔쳐간 사내였다. 기억을 뒤지는 시늉을 했으나, 사실 얼굴을 보는 순간 이미 그 이름을 떠올린 상태였다.

헌데, 사내의 대답이 또 황당했다.

"그래. 그런 이름이었지. 하도 오래 전이라 까먹고 있었는데."

'…가짜였나.'

아드로크 백작이 눈을 얇게 뜨며 사내에게 물었다.

"지금은 다른 이름으로 활동하는 모양이군."

그 말에 사내가 실소하며 답했다.

"대답해야 할 이유가 있나?"

이에 아드로크 백작 역시도 실소하며 말했다.

"상관없지. 하지만… 내 비위를 맞추는 게 여러모로 좋을 텐데."

"비위? 이미 상할 대로 상한 것 아니었냐?"

그건 맞는 말이었다. 타냐와의 관계로 인해 이미 사내에 대한 처분은 결정되어 있었다.

"그런데… 이리 자신만만한 이유가 뭘까나?"

사내가 그 말과 함께 슬쩍 천장을 바라보는 게 보였다. 그 순간 아드로크 백작의 눈가에 경련이 일었다.

'설마?'

의문을 품는 찰나, 사내의 손이 천장으로 뻗어졌다.

콰지지직!

동시에 천장에서 다섯 개의 그림자가 떨어져 내리는 게 아닌가.

"으으으음…!"

절로 신음성이 새나왔다. 그도 그럴게 저들 다섯은 아드로크 백작이 거금을 들여가며 고용한 특급의 호위들이었다.

그런 만큼 이리도 쉽게 그 모습을 드러낼만한 존재가 아닌 것이다.

그렇다면 지금 이 상황은 어떻게 설명해야 한단 말인가.

'저놈……'

사내에게로 시선이 향하고, 조금 전 닿지도 않는 천장에 손을 뻗었던 그 행동에 생각이 닿았다.

시선을 느낀 것일까? 사내가 가벼운 실소와 함께 물었다.

"겨우 이런 놈들을 믿고 건방을 떤 건 아니겠지?"

아드로크 백작의 얼굴이 굳어졌다.

'특급 암살자를 겨우라고?'

호위라 칭하고 있기는 하나, 그 본신은 암살자로써, 정보단체의 2인자로써의 역량을 총동원해 찾아낸 특급 중의 특급이었다.

'왕국의 기사단장도 감당할 수 있는 전력이건만…'

그런 이들이 너무도 쉽게 무너져 내렸다. 언뜻 보아하니 죄다 정신을 잃은 듯 보여 더욱 충격이 컸다. 갑작스런 상황에 잔뜩 경직되어 있는 그를 향해 사내가 재차 물었다.

"그도 아니면 이 방에 깔린 마법을 믿는 거려나?"

딱딱하게 굳은 얼굴위로 짙은 그늘이 내려앉았다.

'어떻게 그걸…?'

특급 암살자들과 마찬가지로 그의 정보력을 총동원해 끌어들인 고위 마법사의 정수가 담긴 방이었다. 당연하게도 이를 알아챈다는 건 있을 수 없는 일이라 여겼다.

헌데, 이마저도 들켜버렸다?

'말도 안 돼!'

도저히 믿기 어려운 상황 속에서 겨우 정신을 다잡고 있을 때, 사내가 다가오는 모습이 보였다.

"내가 누구냐고 물었지?"

그러며 뜬금없는 내용을 입에 담는다.

"뭐, 굳이 답해주지 못할 건 없지."

거리가 가까워지는 만큼 불안감이 커졌다. 그래서 급히 마법을 발동시켰다.

'죽어!'

하지만 이게 웬일?

'마법이….'

"발동되지 않아서 이상하지?"

마음을 읽기라도 한 걸까? 사내가 꺼내든 내용이 또 의외였다. 그 순간 마주한 시선 속에서 아드로크 백작은 깨달을 수 있었다.

'저자가 한 짓이구나!'

어떤 방법을 사용한 것인지 모르겠으나, 사내는 분명 방안의 마법을 무효화 시킨 듯싶었다.

"으…으으……."

방어수단이 전부 사라졌음을 깨닫자, 뒤늦게 공포심이

밀려들며 가슴 가득 두려움을 낳았다.

애써 이를 악물며 이를 버티고 있을 때, 어느새 거리를 좁힌 사내가 그의 얼굴에 손을 올리며 말했다.

"천마."

의미 불명의 단어가 튀어나왔다.

'천마?'

사내의 해석이 이어졌다.

"마의 하늘이라는 뜻이지. 이 정도면 저승길 선물로는 충분하겠지."

그러며 손을 움켜쥔다.

꽈득!

시야 가득 어둠이 밀려들었다.

❖

여름이 가고 가을이 왔다는 건, 새로운 학기가 시작되었다는 의미였는데, 이는 제튼에게는 그리 달갑지 않은 소식이기도 했다.

"끄응… 아카데미인가."

제튼은 앓는 소리를 내며 옷을 챙겨들었다. 아무래도 아카데미에 출근을 하려면 일상복이 아닌, 적당히 격식을 차린 예복을 입어야만 했다.

초반에야 적당히 편한 복장으로 오가며 수업을 맡고는 했으나, 이제는 루마니언 지방을 대표하는 기사가 되어버린 상황이었다.

최소한 이 근방에서는 그의 이름을 대면 모르는 이가 없을 정도였다. 말인 즉, 아카데미의 얼굴이라고 해도 과언이 아닐 만큼 유명세를 떨쳤다는 의미였다. 더 이상 편한 일상복을 주장하기에는 위치가 너무 높아져버린 것이다.

〈최소한, 아카데미 출퇴근 복장 정도는 격식을 갖춰주게.〉

이러한 교장의 제안으로 인해 어쩔 수 없이 불편을 감수하며 예복을 입어야만 했다.

"그나저나… 괜찮을려나 몰라."

최근 들어 날아든 제국의 소식들이 떠올랐다.

"수도 중앙의 아카데미도 슬슬 참여할 모양인 것 같던데."

몬스터 토벌이라는 명목으로, 수도의 아카데미들은 고학년 학생들을 마르셀론 영지 방향으로 보냈고, 이미 그들은 기존의 병력과 합세하여 전투를 시작한 상태였다.

상황이 이렇다 보니, 국경지대의 전장으로는 남은 학생들이 움직이는 그림이 펼쳐질 수밖에 없었다.

물론, 지금 당장 아카데미가 움직인다는 건 아니었다.

'아직까지는 여유가 있을 테니까.'

국경 수비대야 이미 한계에 달한 상태였으나, 중앙을 비롯한 근접지역의 병력들을 움직인다고 생각한다면, 당장 급한 상황이라고 보기는 어려웠다.

게다가 의외로 연합왕국의 태도가 적극적이니 않은 덕분에, 몬스터 군단에 좀 더 집중하며 호흡을 고를 수도 있었다.

"뭐… 그것도 얼마 안 남았겠지만."

연합왕국의 태도가 어찌하여 저리 밋밋한 것인지 대충 들은 게 있었다.

"사제단을 낚아챈 뒤에 본격적으로 움직이려는 거겠지."

팔라얀 상단의 정보력으로 알아낸 내용으로써, 성국의 개입에 대한 내용과 그들의 복잡한 사정이 상당부분 끼어 있었다.

"휴우… 영감님이 문제네."

역시나라고 해야 할까? 성국의 소식에는 마르한의 이야기 역시도 담겨 있었다.

'교황과 사이가 안 좋다고 했으니까.'

느낌상으로는 안 좋은 의도로 사제단에 투입된 것 같았다.

'내 예감이 틀려야 할 텐데.'

고개를 절레절레 흔드는 그의 머릿속으로 또 다른 골칫거리가 떠올랐다.

'헨트.'

팔라얀을 통해 대륙의 정보를 듣는다면, 돼지고양이 사반트에게는 제국 내의 정보들을 얻고는 했는데, 이번에 제법 신경을 자극하는 정보가 그에게 날아들었다.

〈아무래도 너를 알아본 모양이던데.〉

오르카가 전해온 이야기가 눈살을 찌푸리게 만들었다. 어디서 들통 난 것일까? 당혹스러운 마음에 즉각 움직였고, 이내 그를 볼 수 있었다.

"머리 아프군."

차라니 눈에 담지 않았다면 편했을지도 모른다는 생각이 머리를 채웠다.

'빈민가의 약손이라….'

그 별명이 괜한 것이 아닌 듯, 빈민촌의 많은 노약자들이 그의 손을 빌어 아픔을 치유하고 있었다.

일반적인 정보요원이었다면, 좀 더 냉혹히 손을 썼겠으나, 그의 모습을 일일이 눈에 담고 난 뒤에는 그러기가 힘들었다.

"후우…."

연달아 한숨을 늘어놓고 있을 때, 그의 방으로 깜찍한 방문자가 찾아왔다.

"아빠, 안 내려오고 뭐해?"

어느새 숙녀의 분위기를 풍겨내고 있는 제니가 방문을 벌컥 열어젖히며 들어온 것이다.

아직 어릴 적 모습이 남아있어, 여전히 동네 어른들의 귀여움을 독차지 하고 있었으나, 오래지 않아 숙녀로써 성큼 성장하며 그런 풍경도 사라질 것 같았다.

아마도 케빈을 따라잡기 위해 열심히 발돋움을 하는 덕분이라고 여겨졌다.

'좀 더 천천히 커도 될 텐데.'

쓰게 웃는 그에게 제니의 따끔한 일침이 떨어졌다.

"뭐해? 아저씨처럼 웃지만 말고, 빨리 내려가야지. 출근할 시간이 한참 지났잖아."

"끄응⋯."

간혹 느끼는 거지만 딸아이의 언어는 참으로 가차 없을 때가 있었다.

"알았다. 알았어."

고개를 절레절레 흔든 제튼이 딸아이의 뒤를 따라 방을 나섰다.

"굳이 가야겠니?"

그러면서 조심스레 물었다.

"지금처럼 위험한 시기에 수도로 가는 건, 위험하지 않을까?"

뜬금없는 이야기였으나, 그 이유를 듣고 나면 또 그렇지가 않았다.

"이 기회를 놓치면, 반년이나 기다려야 한단 말야. 나는 하루라도 빨리 카이스테론에 들어가고 싶다구."

바로 이것, 각 지방에서 펼쳐지는 카이스테론 아카데미 입학시험이 있는 날이었다.

이제 겨우 가을에 들어섰건만, 벌써부터 입학시험이라고 하면 이상하게 여겨질 수도 있었으나, 카이스테론의 경우 두 차례의 입학시험을 치르는데, 이 무렵에 펼쳐지는 게 그 첫 번째였다.

그리고 이 때에 치러지는 건, 지방의 학생들을 배려하며 마련된 것으로써, 각 지방의 아카데미와 협조를 구한 뒤, 그곳에서 따로 아카데미 입학시험을 펼치는 것이었다.

어찌 보면 무례하게 여겨질 수도 있는 부분이지만, 제국을 대표하는 명문 카이스테론과의 연결고리를 만들고자, 대개의 아카데미는 그들의 공간을 허락하고는 했다.

그리고 오늘, 이 첫 번째 입학심사가 테룬 아카데미에서 이뤄지게 되었고, 제니는 이를 위해서 제튼과 함께 출근길에 오르는 것이었다.

"시험에 합격한다고 해서 바로 들어가는 건 아니다."

제튼의 핀잔에 제니가 어깨를 으쓱이며 말했다.

"그 정도야 나도 알아. 그래도 합격하고 나면, 언제든지 아카데미 문턱을 넘는 자격이 주어지잖아."

"그것도 합격하고 난 뒤에나 가능한 이야기다."

"에~이. 설마, 내가 떨어질 것 같아?"

"그건… 아니지."

딸아이라서 믿는다고 하기보다, 객관적인 위치에서 냉철하게 평가해 봐도 제니의 실력은 대단했다.

'그래도 설마하니 조기입학을 노릴 줄이야.'

어찌 보면 일반 입학보다 더욱 어려운 게 조기입학이었다. 하지만 그럼에도 불구하고 제니가 떨어질 거란 생각은 들지 않았다.

"그나저나 걱정이다."

제튼이 얼굴 가득 음영을 드리우자, 제니가 의아한 듯 물었다.

"뭐가?"

"네 엄마가 이 사실을 알면 뭐라고 할지. 에휴…."

"제국을 대표하는 명문 카이스테론에 합격했다는데, 설마 싫어하시겠어. 엄마도 좋아할 거야."

"그러면 왜 비밀로 한 건데?"

제튼의 질문에 뜨끔한 표정이 된 제니가 슬쩍 시선을 피하며 변명했다.

"그… 그거야 혹시라도 떨어지면 민망하니까."

말도 안 되는 소리였다.

'변명 참… 에휴!'

모친에게 비밀로 한 이유는 간단했다.

전쟁!

현재 제국의 뒤숭숭한 분위기 때문이었다. 명문 아카데미인 카이스테론이라면 당연하게도 전쟁과 가까운 거리를 유지하게 될 터였다.

몬스터 토벌에 참전한 것만 봐도 충분히 짐작 가능했다.

아직까지는 국경지대과 근방 지역의 병력으로 버티는 분위기라지만, 좀 더 상황이 악화된다면 분명 아카데미도 본격적으로 끼어드는 흐름으로 이어질 것이었다.

물론, 셀린으로써는 이런 세부적인 상황까지는 알지 못한다. 하지만 이곳 동쪽 끝자락이 아닌, 중앙에 다가갈수록 전쟁과도 가까워진다는 것 정도는 알고 있었다.

당연히 딸아이의 아카데미 입학이 달가울 리가 없었다.

"에휴… 내가 너를 어찌 말리겠니."

고개를 절레절레 흔든 제튼의 시야로 최근 들어 장만한 마차가 한 대 보였다.

구입했다기 보다는 선물 받았다는 표현이 더 어울리는 것으로써, 아카데미 측에서 지원을 해 준 마차였다.

루마니언 지역에서 첫손에 꼽히는 실력가이다 보니, 자연스레 아카데미를 대표하는 분위기가 형성된 상황이었는데,

이런 공기가 어색하지 않도록 아카데미에서 상당부분 지원하여 마련한 그의 개인용 마차였다.

'굳이 필요도 없는 걸… 쯧!'

아카데미까지는 한걸음에 달려가면 되는 거리였다. 괜히 쓸데없이 마차를 장만하는 건, 오히려 돈 낭비라는 생각이 더 컸다.

금액 대부분을 아카데미에서 지원해주지 않았더라면, 결코 장만하지 않았을 터였다.

'뭐, 이동용으로 말 한 마리 정도 있는 게 나쁜 건 아니니까.'

지금처럼 딸아이와 함께 이동할 때, 본신 능력을 감춰야 할 때에 편리하게 이용할 수 있으니, 오히려 구입한 게 다행이라는 생각도 있었다.

말을 구입한 뒤, 주기적으로 오러를 불어넣으며 체질개선을 해 준 덕분일까?

제튼과 제니를 태운 마차는 순식간에 테룬 아카데미에 도착할 수 있었다. 물론, 늑장을 부린 만큼 아슬아슬한 타이밍의 출근이었다.

"시험 잘 보고. 떨어져도 실망하지 말고."

"안 떨어진다니까 그러네."

딸아이의 자신만만한 외침을 뒤로한 채 바삐 시험장을

나와야만 했다. 시험시작이 코앞인 까닭이었다.

'수업시간도 다 되었으니까.'

그렇게 바삐 시험장을 나와 연무장으로 발길을 돌릴 때였다.

"서대륙 분위기가 장난 아니라던데. 들었나?"

저 멀리, 구석진 휴식터 한편으로 시험관으로 보이는 이들의 대화소리가 귀에 들려왔다.

'새로운 제국 전쟁의 여파가 거기까지 영향을 끼친 건가.'

팔라얀 상당측에 한번 알아봐야겠다는 생각을 하며 걸음을 내딛는 찰나, 뜻밖의 단어가 귀에 파고들었다.

"루디안 길드도 다시 움직인다고 하던데."

"하무람 왕국 때문에 문 닫은 거 아니었나?"

눈이 번쩍 뜨였다.

'루디안…'

기억에 있는 이름이었다. 자연스레 연상되는 붉은 머리의 여인이 있었다.

최근에 꿨던 악몽 때문인지, 더욱 머리를 두드리는 단어였다.

'그래. 타냐였었지.'

애초에 이곳, 제국의 바깥까지는 신경을 쓰지 않다 보니, 루디안 길드의 상황에 대해서는 들을 기회가 없었다.

그와 관련이 있다는 것 자체를 아는 이들이 없기에, 그들의 정보를 얻기 어려울 수밖에 없기도 했다.

괜히 입 밖에 내어, 로렌스나 오르카 또는 사반트에게 그의 숨겨진 과거를 넘기고 싶지 않았기 때문에, 더더욱 이와 관련된 내용을 언급하지도 신경 쓰지도 않았었다.

때문에 오랜만에 듣는 루디안의 정보에 귀가 기울여질 수밖에 없었다.

'하무람 왕궁이라… 흉왕이 다시 움직인 건가.'

그렇다면 루디안의 위기를 이해할 수 있었다.

'천마 때문에 욕망을 접은… 아니, 숨겼지만, 그의 성격상 결국에는 터질 수밖에 없지.'

괜히 흉왕이라고 불리는 게 아니었다.

상념이 이어지는 와중에도 시험관들의 대화는 이어지고 있었다.

"결국 하무람 왕국이 움직이는 건가?"

"아무래도 그렇겠지. 지금까지 참은 게 신기한 거지. 그 불같은 성격을 지금까지 억누르고 있었으니. '

"그게 다. 우리 제국이 무서워서 그런 거 아니겠어."

"우리 제국의 저력 보다는 대공전하가 무서워서 숨죽인 거겠지."

"뭐… 그건 그렇지."

"대공전하께서 계셨다면, 지금 같은 사태는 안 일어났을 텐데."

"후우… 어떻게 되신 건지."

가만히 듣고 있던 제튼의 안색에 옅은 그늘이 내려앉았다. 저들의 말이 틀리지 않다고 여긴 까닭이었다.

하지만 이내 고개를 흔들면서 어두운 생각들은 털어냈다.

'나는… 할 만큼 했다.'

무려 20년을 바친 뒤에야 겨우 얻은 자유다. 자신의 삶을 살아도 되지 않겠는가.

"슬슬, 시작할 때가 됐네."

"들어가자고. 이번 응시생도 엄청 많던 것 같던데. 에휴… 벌써부터 머리가 다 아프군."

"제비뽑기를 잘 했어야 하는데. 젠장!"

시간이 된 듯, 시험관들이 들어가는 게 보였다.

"후우…."

나직한 한숨과 함께 제튼도 발길을 돌렸다. 그러다 무언가가 생각난 듯, 걸음을 멈추며 중얼거린다.

"하무람 왕국이라…."

자연스레 떠오르는 인물이 하나 있었다.

사막의 붉은 용!

저들이 만약 제국에 목적을 두고 움직인다면, 필히 부딪치게 될 장애물이었다.

'녀석도 움직이겠군.'

어쩌면, 전 대륙에 걸쳐 거대한 태풍이 몰아칠지도 모른다는 느낌이 들었다.

'내가 수도를 지켰다면… 어땠을까?'

조금 전, 시험관들의 이야기 때문인지, 쓸데없는 생각이 머릿속에 남아버린 모양이었다.

고개를 흔들며 애써 생각을 털어낸 뒤, 바삐 걸음을 옮겼다. 잠시 생각에 잠긴 사이에 수업종이 울리고 있는 게 아닌가.

여지없이 지각이었다.

❖

처음 그들과 마주했을 때, 그들의 뛰어난 능력을 일부나마 엿봤고, 덕분에 자신이 가야할 길이 한참이나 멀리에 있다는 걸 새삼스레 깨달을 수 있었다.

이후, 그들의 정체를 들었고, 턱이 떨어질 만큼 놀라야만 했다.

'북방의 서리왕과 바다의 학살자였다니.'

대륙의 별이라 불리는 이들로써, 둘 모두 각자의 영역에서 왕이나 다를 바 없는 권위를 지닌 존재들이었다.

'이런 사람들마저 수하로 두고 있었을 줄이야.'

새삼 부친의 능력에 감탄하는 순간이기도 했다.

'거기다⋯.'

놀라운 경험은 거기서 끝이 아니었다.

'암살왕까지 수하로 부리고 계셨을 줄이야.'

더욱 충격적인 건 저들의 등장이유였다.

"저놈들이 오늘부터 네 선생들이다."

오르카의 뜬금없는 이야기에 잠시 귀를 후비며 의심을 했을 정도였다.

각자 분야는 다양하지만, 총합적으로 보자면 결국 '전투'와 '전쟁'에 이기기 위한 전법을 가르친다고 했다.

서리왕과 학살자의 경우에는 전투뿐만 아니라 전쟁에도 능한 이들이었다. 둘 다 각자의 영역을 구축하기 위해 치열한 혈전을 겪으며 현재 자리에 올라선 이들이기 때문이었다.

특히, 둘 다 각자의 개성이 특출 난 까닭에, 다른 시각에서 공부를 할 수도 있었다.

또한 암살왕의 경우에는 앞서 둘과는 또 다른 시점을 그에게 선사해줬는데, 이는 어둠에 물든 이들만이 선사할 수 있는 생경한 시야와 감각으로써, 어찌 보면 앞서의 둘보다 더욱 득이 되는 공부라고 해도 과언이 아니었다.

"갑자기 이런 걸 배우는 이유가 뭔가요?"

워낙 뜬금없는 상황변화에 오르카에게 이리 물었고, 그녀는 웃으며 짧게 답했다.

"네가 황태자이기 때문이다."

그거면 충분했다. 사실, 일반적인 왕위 계승자라면 이렇게까지 공부를 할 이유는 없겠으나, 황태자, 카이든의 경우에는 조금 달랐다.

브라만 대공!

그의 후계이기도 하기에, 절대적인 '힘'을 지니고 있어야만 했다.

아직 본격화되지 않았다고는 하나, 이미 전장은 마련되었고, 전쟁은 시작되었으며, 전투가 이어지고 있었다.

연합국이 물러난다면 모를까. 저들이 여전한 모습으로 제국에 이를 드러낸다면, 결국 카이든 역시 검을 뽑아야만 할 때가 올 터였다.

그레일과 팩터.

각기 서리왕과 학살자로 더 유명한 그들은 카이든과의 만남을 통해, 새삼 '그'의 그림자를 실감해야만 했다.

"제 놈도 괴물이더니, 자식 놈도 괴물이 따로 없네."

팩터 투덜거림에 그레일이 고개를 끄덕이며 말을 받았다.

"피는 못 속인다지만, 그래도… 이건 좀 너무했지. 저 콩알 만한 놈이 벌써 경지에 오른 것도 충격적인데, 이제는 내 위치마저 넘보고 있잖아."

수업이 시작되고 얼마 지나지도 않았건만, 벌써 그들은 위기감을 느끼는 중이었다.

"이러다 정말 개 쪽 파는 거 아니야?"

긴장어린 그레일의 중얼거림에 팩터가 이를 악 물며 말했다.

"여자한테 지는 것도 모자라 콩알만한 꼬맹이한테도 진다면, 정말…… 으득!"

둘의 시선이 닿았다. 그래도 제법 함께 지낸 시간이 있던 까닭인지, 그들은 동시에 원하는 걸 깨달았다.

'수련!'

'훈련!'

마침 서로에게 딱 맞는 대적상대가 눈앞에 있었다.

'실전!'

그들은 약속이나 한 듯 자리에서 일어났고, 이내 비밀 연무장으로 향했다.

다양한 고위의 방어마법이 깔려 있는 덕분에, 그들의 전력에도 제법 버텨주는 단단한 연무장이었다.

저릿저릿한 기세였다. 만약, 주변에 깔린 마법진이 아니었다면 이미 근방일대는 커다란 소동에 휩싸였을 터였다.

'서리왕과 학살자라…'

딜럭은 그들의 대결을 잠시 지켜보다 연무장을 빠져나

왔다. 점점 열기가 고조되고 있는 지금, 자칫 잘못하다가는 은신이 풀려 정체가 발각될 수도 있는 까닭이었다.

호기심에 저들의 뒤를 밟았다가 때아닌 눈요기를 할 수 있었으니, 그걸로 만족하기로 했다.

'끝까지 볼 수 없는 건 아쉽지만.'

카이든과 오르카 외에 모습을 드러낸 적이 없기에, 저들은 아직 딜럭의 존재를 모르고 있었다. 기왕이면 끝까지 저들에게는 모습을 드러내지 않을 생각이었기에, 이대로 조용히 빠져나가는 것이었다.

갑작스런 저들의 투기는 무엇 때문일까?

'황자… 때문이려나.'

의문과 동시에 답이 나왔다.

"확실히 대단한 재능이기는 했지."

몇 차례 만난 적도 없고, 제대로 가르친 것도 아니건만 어느새 은신의 비결을 훔쳐가고 있는 카이든을 보고 있자면, 오싹한 소름마저 끼칠 정도였다.

문득, 한창 기세를 타기 시작한 연합국과의 전쟁이 떠올랐다.

다시금 주변 왕국들을 흡수하며, 한층 덩치를 불린 그들의 모습에, 제국 내의 분위기가 한층 눅눅해지고 있는 상황이었다.

하지만 여전히 제국이 위기라는 느낌은 들지 않았다.

직접 대공의 존재를 확인한 이유도 있겠으나, 그보다는 요 며칠 새롭게 자라고 있는 제국의 후계를 마주하면서, 많은 걸 보고 느낀 까닭이 컸다.

'황자라면….'

아직 나이가 어리다고는 하나, 그 순수한 실력만큼은 지금 당장 전선에 뛰어들어도 충분한 전력이었다.

'어린 나이?'

다시 생각해보면, 과거 한참 전쟁이 빈번하던 시절에는, 황자의 나이에 이미 여러 전장을 섭렵한 소년들이 제법 있었던 걸로 기억했다.

딜럭 본인도 그런 경우이지 않던가.

'뭐… 시대가 바뀌고, 상황이 변했으니.'

고개를 절레절레 흔든 그가 조심스레 양 팔을 쓸어내렸다. 조금 전, 두 마스터의 기세가 아직도 팔 끝에 남아 꿈틀거리고 있던 까닭이었다.

곧 고기를 받으러 갈 시간인 탓에, 바삐 움직여야만 했다. 쓸데없는 기세를 달고 움직여서는 안 되기에, 깔끔히 털어내는 것이다.

황자 카이든을 가르치는 건 어디까지나 부업이고, 본업은 언제나 정육점이기에, 이 시간은 더없이 중요할 수밖에 없었다.

기다렸던 행렬이 도착했다. 마침 시기적절하게 새로이 합류한 이들로 인해 규모 역시도 한층 거대해졌다.

"할 만 하겠어."

아무리 저 거대한 제국이라 할지언정, 무려 열 개에 달하는 왕국 연합을 상대하는 건 쉽지 않을 게 분명했다.

"사제단의 위치는?"

재차 확인을 위해 묻자, 들려온 대답이 만족스러웠다.

"테파른 왕국의 국경을 막 건넜습니다."

가장 흡족한 내용이었다. 만족스레 고개를 끄덕인 프루체른 공작은 사제단의 주요 인사에 대해 떠올렸다.

'방랑사제.'

이름만 무성했던 소문의 성직자가 그 무리에 끼어있었다.

'교황급의 성력을 지녔다고 했던가.'

소문이 부풀려졌건 아니건 상관없었다.

'그를 묶어두고 있는 것만으로도 사제단을 부릴 수 있단 말이지.'

더욱 재미있는 건, 이 모든 계획이 성국과 합의된 내용이라는 점이었다. 물론, 정식으로 서류를 작성한 건 아닌만큼, 완전히 서로를 신뢰한다는 건 어려웠으나, 크게 신경 쓰지 않았다.

'이미 내 손에 들어온 이상, 놓칠 이유가 없지.'

사제단은 이미 연합왕국의 영역에 들어온 상태였다. 특히, 그가 지배하는 테파른 왕국에 발을 들였다는 게 중요했다. 이로써 연합하고 있는 다른 왕국들보다 한 발 앞선 위치를 선점할 수 있었다.

기다리던 이들이 도착했고, 바라던 분위기가 형성됐다. 마침 몬스터들도 적절하게 희생되었으니, 본격적으로 움직일 시기가 온 것이다.

'걱정거리가 있다면….'

등 뒤가 조금 신경이 쓰인다는 정도였다.

저 멀리, 하무람 왕국에서부터 갑작스레 일어난 태풍이 순식간에 서대륙 전체로 몰아치더니, 슬슬 주변 남쪽과 북쪽에도 영향을 미치고 있다는 소식을 듣게 되었다.

아무래도 고민이 될 수밖에 없는 상황이었다. 하지만 이내 고개를 흔들며 전방을 주시하기로 했다.

'우선은… 제국에 집중한다!'

이 시기에 진군하지 못한다면, 연합세력은 오히려 독이 되어 왕국들의 살만 파먹을 터였다.

'화살은 이미 시위를 떠났다!'

전진만이 살길이었다.

서대륙을 대표하는 세력이라 할 수 있는 하무람 왕국이 오랜 웅크림 끝에 드디어 기지개를 폈다.

제국에서 발생한 전장의 공기가 이곳까지 퍼진 것인지, 그도 아니면 흉왕의 오랜 기다림이 드디어 한계에 달한 것인지는 모르겠으나, 중요한건 서대륙에서도 농도 짙은 피비린내가 풍기기 시작했다는 점이었다.

"하무람 왕국을 움직인 건, 자네의 뜻인가?"

날아든 질문에 입 꼬리가 올라갔다.

"뭐, 절반쯤은 그렇지."

"즐거워 보이는군."

"그건, 갑작스레 찾아든 방문객 덕분이지."

모락모락 어깨위로 피어오르는 수증기가 조금 전까지의 상황을 이야기해 주고 있었다.

"설마… 아침부터 불태우고 있을 줄은 몰랐네. 좀 더 늦게 찾아올 걸 그랬군."

"아침 '부터' 가 아니라. 아침 '까지' 지."

가볍게 잠재우고 온 그녀를 떠올리니 살짝 아쉬움이 남았으나, 그보다 즐거운 놀이가 눈앞에서 대기 중이니, 웃으며 미련을 떨쳐낼 수 있었다.

"드래곤 로드… 맞지?"

본능이 내어놓은 추리에 확신을 더하고자 질문을 던졌다.

"한 눈에 알아보는군."

"몰라볼 수가 없지. '권능'을 지닌 놈들은 빛깔부터가 다르니까."

"그런가. 나도 확인차…."

"물을 거 없어. 내가 '천마'니까."

그 말에 고개를 끄덕이는 방문객, 라바운트의 모습이 보였다.

"듣던 대로… 강하군."

"앞에다가 '어마무지' 정도는 첨가해도 괜찮아."

천마의 기세등등한 소리에 한 차례 실소한 라바운트가 잠시 발아래로 시선을 보냈다.

서대륙의 중심지라 불리는 하무람 왕국. 그 중에서도 가장 깊숙한 곳, 수도 '사레비안'의 모습이 눈에 들어왔다. 전쟁의 열기가 수도 전역에 퍼져 있는 게 느껴졌다.

"또 다시 전쟁을 일으킬 생각인가?"

그 질문에 천마가 눈을 얇게 떴다.

"너… 틈새의 일로 온 게 아니군."

마령을 타고 넘어왔을 때, 틈새의 일족들에게 그 정체를 밝힌 적이 있었다. 때문에 이 부분에 중점을 두고 대화를 나누는 중이었는데, 라바운트의 입에서 나온 이야기는 다른 방향에서 그를 파고들고 있었다.

조금 전 질문에서 라바운트는 '또 다시'라고 하였다. 말인 즉, 천마가 과거에도 이곳에 존재했다는 걸 알고 있다는 의미였다.

혹시나 하는 마음에 물었다.

"어디까지 알고 있지?"

"알만큼은 안다네."

그러며 꺼내든 이름이 뜻밖이었다.

"제튼 그 사람에게 들은 게 제법 많지."

워낙 의외였던 까닭일까?

"하! 크하하하하핫–!"

천마는 그냥 웃어버렸다.

'제튼!'

그리운 이름이었다. 설마하니 그 이름이 이 시점에서 눈앞의 저 뜻밖의 존재를 통해 언급될 줄이야.

"이거야 원! 그냥 즐거운 손님인 줄 알았더니. 아주 반가운 손님이었네."

그리 이야기한 천마가 슬쩍 발아래를 내려다봤다. 수천미르 아래로 하무람 왕국의 수도 사례비안의 모습이 보였다.

좀 더 정확히는 저 한편에 잠들어 있을 타냐를 '보고' 있는 중이었다.

"이야기가 좀 길어질 것 같은데. 차나 한잔 하는 게 어떤가.”

라바운트의 제안에 천마가 이를 드러내며 웃었다.

“제튼이 말 안 해줬나보군.”

“무엇을 말인가?”

“대화는 몸으로 하는 거지.”

그러면서 휙 하니 신형을 내던지니, 순식간에 사레비안에서 멀어지는 게 아닌가.

‘따라오라는 건가.’

쓰게 웃은 라바운트가 그 뒤를 바싹 쫓았다.

그리고 잠시 후,

저 먼 창공 너머로 거대한 천둥과 뇌전이 번뜩이기 시작했다.

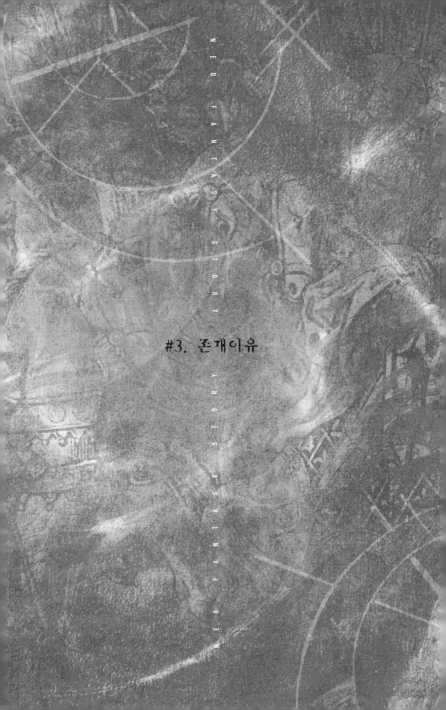

#3. 존재이유

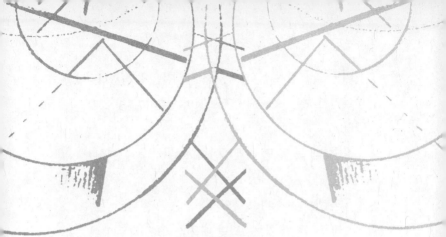

#3. 존재이유

창가를 타고 넘어오는 빛살이 잠자리를 방해하며 시야를 찔러왔다.

'또… 잠들어버린 건가?'

체력적인 한계에 부딪쳐 재차 정신을 놓은 것인가 싶었다. 하지만 이내 그게 아님을 깨달았다.

'그분이 손을 쓰셨지.'

잠들기 전, '그'의 손길이 닿고 의식이 끊겼던 게 떠올랐다.

'또 어디를 가신 걸까?'

과거에도 이런 식으로 그녀를 잠재웠던 경험이 있기에, 현 상황을 빠르게 파악할 수 있었다.

자리에서 일어난 타나는 창가로 걸음을 옮겼다. 아침 햇살이 순백의 나신 위로 떨어지며 옅은 붉은빛으로 물들였다.

창밖으로는 수도 사례비안의 모습이 넓게 펼쳐져 있었다.

'등잔 밑이 어둡다고 했었지.'

언제고 '그'가 가르쳐줬던 배움을 따라, 하무람 왕국의 눈길을 피하고자 적진 한 가운데에 거처를 잡았다.

그리고 가짜들을 여럿 만들어 루디안 길드처럼 속인 뒤, 주기적으로 저들의 요원들에게 알렸다. 미끼를 문 것인지도 모르고 하무람 왕국의 정보원들은 가짜를 덥석덥석 물고 찢었다.

하지만 길드원들의 수가 대폭 감소한 상황인 까닭에, 슬슬 힘에 부치던 건 사실이었다. 그럴 때 '그'가 나타난 것이다.

"천마님…."

그의 이름을 조심스레 입에 올려봤다. 과거와는 다른 이름이었으나, 이것이 본명이라는 걸 단번에 알아봤다. 명색이 루디안의 길드장으로써, 오랜 세월 서대륙의 정보를 통솔했던 몸이었다. 감각적으로 진실과 거짓을 구분하는 수행이 되어 있던 것이다.

괴이한 방법을 통해 죽어버린 아드로크 백작을 대신할

가짜를 만들어내고, 이를 통해 하무람 왕국의 정보 일부를 다시 그녀의 것으로 빼돌리는 작업까지 진행중이었다.

'과연… 하무람 왕국이라고 해야 하려나?'

빠른 속도로 루디안 길드의 정보력에 살이 붙고 있었다. 이대로라면 머지않아 루디안 길드 본연의 모습을 찾는 게 가능할 것 같았다.

'인원 보충도 해야겠지만….'

물론, 완벽히 옛 규모를 찾는 건 아직 무리였다.

꽈르르릉…!

문득, 저 멀리서 한 줄기 천둥성이 들려왔다. 그에 따라 자연스레 하늘로 시선이 닿고, 뒤이어 시리도록 푸른 창공 이 눈에 담겼다.

'맑은 하늘에 때 아닌 천둥소리라….'

그의 모습이 머릿속에 떠오르는 이유는 무얼까?

❖

마치 공간이동을 하는 것 같다는 생각이 들 만큼, '그' 의 이동속도는 어마어마했다.

'천마.'

그 존재감을 새삼 눈에 새기는 찰나, 어느새 너른 평야 가 그들 앞에 모습을 드러냈다.

"이만하면 한판 붙기에는 딱이네."

그리 말하며 돌아보는 천마의 모습에서 자극적인 투기가 솟아오르고 있었다. 이를 마주하고 있자니 절로 가슴이 뜨거워지는 느낌이었다.

'그 전에….'

"차분히 대화를 좀 나누고 싶은데. 어떤가?"

라바운트의 제안에 천마가 어깨를 으쓱이며 답했다.

"못 들었어? 대화는 몸으로 하는 거라니까."

그러며 대뜸 주먹을 뻗어온다.

꽈르르릉!

천둥성이 치는가 싶더니, 한 눈에 보기에도 암울하게 느껴지는 어둠이 전방에서부터 휘몰아쳐왔다. 어느 정도 예상했던 탓에 즉각 대처가 가능했다.

"실드!"

가벼운 외침이었으나, 전방을 가로막은 반투명의 막은 더없이 무거운 기운을 담고 있어, 어둠은 그 무게를 밀어내지 못한 채 허무하게 흩어지고야 말았다.

"휘유… 대단하네. 드래곤 로드라 이건가."

저 앞에서 들려오는 천마의 감탄성에 고개를 절레절레 흔든 라바운트가 재차 제안했다.

"제튼 그 사람의 이름을 빌려서 부탁하지. 잠시 대화를 나눌 수 있겠나."

"흐음…."

제법 먹혀든 것일까? 하늘 끝까지 치솟아 오르던 투기가 일부 잠잠해지는 게 느껴졌다.

"쯧! 사내놈하고 대화나 나누는 건 내 성격이 아닌데."

혀 차는 소리와 함께 내뱉는 천마의 투덜거림으로, 그가 잠시간의 시간을 허락했다는 걸 알 수 있었다.

"허헛! 그럼 자네 성격에 맞는 건 뭔가."

"말했잖아. 몸으로 대화라는 거라고."

"거 참. 상당히 극단적이군."

그 말에 천마가 하얗게 이를 드러내며 웃었다.

"원래 사내놈하고는 대화 대신 피를 나누는 거다."

이내 음흉한 눈을 그리며 말을 잇는다.

"여자하고는 땀을 나눠야 제 맛이고. 큭큭!"

그러며 입맛을 다시는데, 이대로 놔뒀다가는 쓸데없는 이야기로 시간을 허비할지도 모른다는 생각에, 급히 화젯거리를 전환해야만 했다.

"제튼 그 친구에게 듣기로는 분명히 자네는 고향으로 돌아갔다고 하던데. 그게 아니었나?"

이미 어찌 된 상황인지 예상하고는 있었으나, 그래도 혹시나 하는 마음에 좀 더 확실히 하고자 이리 묻는 거였다.

질문에 한 차례 눈살을 찌푸리던 천마가 이내 어깨를 으쓱이며 대답했다.

"뭐, 어쩌다보니 그렇게 됐지. 내 생각에는 분명히 제대로 된 '통로'를 거쳤다고 생각했는데, 중간에 길이 어긋났다고 해야 하려나."

거기까지 이야기하던 천마가 이내 라바운트를 향해 입꼬리를 말아 올리며 물었다.

"그렇군. 드래곤 로드였지. 그러고 보니 너라면 알고 있겠네."

뜬금없는 천마의 태도변화에 라바운트가 의아한 얼굴을 하는데, 천마의 질문이 날아들었다.

"나중에서야 알게 된 건데, 드래곤들 중에서 '통로'를 어긋나게 한 놈이 있다고 하던데. 혹시 아는 거 있나?"

"…알고 있었나?"

"역시, 그런 건가."

이어진 천마의 이야기에 심증으로 한 질문이라는 걸 확인할 수 있었다.

"뭐, 이쪽 세상에서 통로를 비트는 힘이 이어져있다고 해서, 대충 그쪽으로 예상하고 있었는데. 반응을 보니까 정답이었네. 그래서… 어떤 놈이 내 예정을 이렇게 비틀어 놓은 건지, 좀 알려줬으면 하는데."

말을 끝맺는 순간, 가라앉았던 투기가 재차 솟구치기 시작했다. 앞전보다 더욱 사납고 험한 기세가 하늘을 가득 메우더니, 어느새 짙은 먹구름을 형성하고 있었다.

라바운트는 아차 싶은 마음이었으나, 이내 고개를 끄덕이며 마음을 정리했다.

'…그도 알 권리가 있으니.'

이내 이야기가 시작되었고, 그동안 감춰두고 있던 비밀이 조심스레 세상 밖으로 모습을 드러냈다.

◈

예상했던 상황이었지만, 그래도 막상 마주하고 나니 당혹스러운 마음을 감추기가 어렵다고 해야 할까?

"생각이 있는 거야?"

날카로운 음성이 귓전을 파고들며 등골을 오싹하게 만든다.

'백만대군이 몰려와도 이렇게 무섭지는 않을 텐데.'

괜한 농짓거리로 마음을 추스르려 하나, 그 찰나 간에 비쳐진 감정의 변화를 들키기라도 한 것일까?

"눈 돌아가지. 설마, 지금! 딴 생각이라도 하는 거야?"

여지없이 파고들며 심정적 도피처를 찢어버린다. 찔끔한 얼굴로 급히 동공을 바로 모으니, 그제야 다시금 이야기가 제자리를 찾는다.

"그래서 무슨 생각으로 이런 엄청난 일을 벌인 건데?"

단지, 제자리로 와도 여전히 문제라는 게 난점이었다.

"대답해. 여보? 뭐라고 변명이라도 좀 하시죠. 제튼씨!"

존대를 하는 것도 모자라 이름까지 하고 있었다. 하나씩만 이어져도 잠자리가 서글퍼지는데, 두 개가 연달아 나온 것이다.

잠자리뿐만 아니라 식탁에서도 불편한 상황이 펼쳐질 가능성이 농후했다.

워낙 부모님께 잘 하는 며느리다 보니, 그녀가 화를 낼 때면 오히려 부모님도 그녀 편을 들 정도였으니, 그의 식사량이 평소와 다르다며 며느리를 타박할 리가 없었다.

셀린의 눈치를 한참 살피며 최대한 침묵으로 일관하려 했던 제튼이었으나, 더는 버티기가 어렵다는 걸 깨달았다.

"다… 당신도 알잖아. 제니가 한 번 고집부리기 시작하면, 절대 말릴 수 없다는 거."

"그래도 그렇지. 그 위험한 지역으로 간다는데, 그걸 안 말리고 뭐한 거예요?"

그녀의 분노 이유는 예상했던 것처럼, 제니의 카이스테론 아카데미 입학으로 인한 것이었다.

내심 딸아이의 불합격을 바라고 있었으나, 안타깝게도 월등한 실력으로 아카데미 조기입학을 확정 받아버렸다.

어찌나 점수가 잘 나왔던지, 이곳 루마니언 지방에서는 제니가 합격자 발표 첫 자리의 영광을 누렸다고 한다.

물론, 그 덕분에 셀린의 귀에 들어가는 것 역시 생각보다 빨랐다.

그리고,

'이 꼴이지. 젠장!'

울컥 욕짓거리가 디밀고 올라왔다. 셀린에게 이 소식을
전해준 게 누구일까? 괜한 화풀이 대상을 찾게 된다. 하
지만 이내 살벌한 눈초리를 마주하며 현실로 회귀해야만
했다.

"흠. 흠. 그… 전쟁이라고 하지만, 아직 그렇게 심각한 건
아니야. 당신도 알잖아. 제국의 저력이 얼마나 대단한지.
그런 제국의 수도야. 누가 감히 거기를 건드리겠어."

열심히 뭐라뭐라 변명을 늘어놓지만 도통 먹히질 않는
지, 셀린의 눈빛은 여전한 예기를 발산하고 있었다.

'끄응… 미치겠네.'

이 상황을 더욱 환장하게 만드는 건 딸아이 제니의 태도
였다.

'여우같은 것!'

딸아이라지만 이 순간만은 표현이 거칠어지는 걸 참기
가 어려웠다. 평소라면 이미 들어와서 모친과 한참이나 조
잘대고 있을 터인데, 어찌 알았는지 귀가시간이 늦어지고
있었다.

아마도 동네 분위기로 집안의 상황을 짐작하고 발길을
늦추는 것이라고 여겨졌다.

모르긴 몰라도 그가 한참을 시달리다 셀린의 화가 좀 누그러질 즈음이면 들어올 거라 생각됐다. 부모님들 귀가 시간에 맞췄다가는 밤이 늦었다면서 오히려 역효과일 테니, 그 중간시간을 잘 조절할 게 분명했다.

'토끼 같은 딸내미라고 생각했건만. 크흑!'

배신감에 몸을 부르르 떨면서도 입은 쉴 새 없이 변명거리를 늘어놓고 있었다.

"그리고 솔직히 케빈 고 녀석이 수도에 있는 한 어떻게 해서든 그곳으로 갈 건데, 우리가 무슨 수로 막겠어."

틀린 말은 아니었던지 셀린의 눈가에 옅은 흔들림이 비쳤다.

이거다 싶은 마음에 급히 제튼이 변명거리에 살을 붙였다.

"우리가 괜히 막으려 들었다가는 제니 성격상 가출까지 할 수도 있어. 게다가 만에 하나 정말로 전쟁이 발생했다고 쳐. 제국에서도 제일의 명문이라는 카이스테론 아카데미가 저학년 학생들을 그냥 방치하겠어? 제국의 미래라는데."

적당한 거리감을 둔 채 현장실습이라는 명목으로 전장에 투입하게 될 확률이 높았으나, 안타깝게도 셀린은 이 부분까지는 알지 못했다.

"실제로 전쟁이 발생하면, 이런 지방지역이 더 위험하

다니까."

물론, 이곳 아루낙 마을은 지난 전쟁을 별다른 피해 없이 보낸 경험이 있었다. 어쩌면 셀린 역시도 당시를 기억하며 제니를 이곳에 두려 하는 걸지도 몰랐다.

하지만 이미 상황은 발생했고, 제튼은 적당한 변명거리가 필요했다. 때문에 마을의 지난 역사를 무시하며, 이곳도 위험지대로 선정하는 무리수를 두고 있는 것이다.

"게다가 케빈 말고도 거기에는 쿠너도 있고 레이나 선생님도 있잖아. 여기 루마니언에서도 손에 꼽히는 실력자들이 죄다 붙어서 보호해 줄 거야. 그러니까 오히려 그곳이 더 안전할 수 있다니까."

작게나마 먹힌 것일까? 셀린의 안색이 눈에 띄게 변화하는 게 아닌가. 그리고 어느 순간 그녀가 눈을 질끈 감은 채 호흡을 고르는 게 보였다.

'됐다!'

오랜 부부생활로 인해 저 모습이 전쟁의 휴전상태와 비슷하다는 걸 직감했다.

물론, 화산으로 치면 휴화산의 형국과 같기에 언제든 폭발한 가능성이 농후한 것 역시 사실이었다. 때문에 최대한 숨을 죽인 채 그녀만의 시간을 유지시켜줄 필요성이 있었다.

얼마나 지났을까?

점차적으로 셀린의 호흡에 평정이 찾아오고, 안색에서 열기가 제법 가셨다는 게 확인되기 시작했다. 제튼에게는 가장 반가운 상황이었다.

'하아… 다행이다.'

내심 안도하며 가슴을 쓸어내릴 때였다.

"다녀왔습니다."

여우같은 딸아이가 집에 돌아왔고,

"제-니!"

호랑이 같은 마누라가 눈을 떴다.

'뜨억!'

토끼 같은 남편은 그저 두려움에 떨 뿐이었다.

◈

냉정하게 판단해 봤을 때, 제국의 옛 수도라는 마르셀론 영지가 이토록 쉽게 함락 당한다는 건 말도 안 되는 일이었다.

아무리 몬스터들의 침공이 대규모였다고는 하나, 옛 수도라는 이유와 더불어 황제의 하나뿐인 오라비인 마르셀론 공작의 영지라는 점까지 더해, 그곳의 방비는 충분히 한 왕국의 수도에 버금가는 방어력을 자랑하고 있었다.

그럼에도 불구하고 마르셀론 영지는 함락 당했고, 제국

은 한 차례 큰 혼란에 휩싸여야만 했다.

하지만 그 누구도 이상하게 여기지 않았다.

'너무 오랜 시간을 건너서 나타난 몬스터들의 등장에 당황한 이유가 컸지.'

마르셀론 공작은 폐허가 되어버린 마을을 돌아보며 쓰게 웃었다. 그의 선택으로 인한 결과를 막상 눈으로 확인하니, 감정적인 흔들림을 느낄 수밖에 없었다.

'이 정도에 꺾일 거라면 애초에 시작하지도 않았다!'

단호히 마음을 추스른 뒤 재차 마을을 돌아봤다. 조금 전의 시선에 마을이 담겨 있었다면, 이번에는 그 외의 풍경들이 동공을 가득 채우고 있었다.

붉은 빛 일색으로 물든 마을의 풍경 속으로, 언뜻언뜻 비치는 다채로운 색감의 그늘들이 시선을 잡아끌었다.

'이게… 마지막인가.'

그가 보고 있는 건 제국 동부를 두려움에 떨게 만들었던 몬스터들의 시체들이었다.

이곳 마을을 끝으로 몬스터들의 동부 점령지는 전부 정리되었다고 볼 수 있었다. 이제 남은 건 산속 깊숙이 도주한 잔당들을 처리하는 것뿐이었는데, 우연이라고 해야 할까?

〈연합왕국이 움직였습니다.〉

너무도 시기적절하게 왕국들의 본격적인 침공이 시작된

것이다. 이미 전면전이었다고는 하나, 지금까지는 적당한 눈치싸움의 연장이었다면, 이제부터는 각 국가의 운명을 건 진정한 배팅이라 할 수 있었다.

'우연?'

마르셀론 공작은 고개를 흔들며 부정했다. 머릿속으로 익숙한 목재가면의 사내가 그려졌다.

'이렇게 되도록 유도한 것이겠지.'

몬스터들의 점령지라던가 그들의 규모 등에 대해서 상세히 알고 움직일 수 있던 건, 죄다 그레이브의 가면사내 덕분이었다.

이를 통해서 움직일 경로를 정해왔다. 아마도 이 부분들을 고려해가며 가면사내가 일정을 조정한 것이라고 여겨졌다.

이제 잔당처리만 남은 상황이니, 언제든 이곳에서 발을 뺄 명분이 생겼다. 거기에 더해 전쟁의 상황을 보며 움직일 수 있는 여유마저도 얻었다.

"남은 건, 복귀시기인가."

아마도 전쟁의 불길이 제국의 중앙에까지 영향을 끼치기 시작할 때가 가장 적당할거라 여겨졌다.

'그때까지는… 분노한 귀족의 분풀이를 연기해야겠군.'

몬스터들의 잔당처리가 그 중심에 있을 터였다.

감춰졌던 진실을 전부 알게 되었을 때, 입가에는 웃음이 눈가에는 분노가 함께 어울리며, 실로 오싹한 미소가 얼굴 가득 그려지고 있었다.

"큭! 크큭… 그러니까. 종합해보자면 그 전대의 로드라는 놈이 벌인 헛짓거리에 내 운명이 꼬였다. 뭐, 이런 거네?"

"…미안하네."

"사과는 됐고. 잠깐, 생각 좀 할 테니까. 조용히 기다려봐."

그리고는 대뜸 눈을 감는 천마의 모습에 라바운트는 황당한 마음을 감추기가 어려웠다. 지금 상황이 오묘하게 흘러가고 있다지만, 어쨌든 그들은 현재 적대적 관계였다.

헌데, 그 앞에서 저처럼 무방비한 모습이라니.

'아닌가. 오히려 나를 끌어들이는 것이려나.'

그의 이야기처럼 몸으로 하는 대화를 위해, 내비치는 자세일지도 몰랐다. 어떤 의도인지는 확실치 않으나, 어쨌건 지금은 기다리는 게 옳다고 여겼다.

잠시간의 시간이 흐른 뒤, 생각을 정리한 듯 천마가 번뜩이는 안광을 내뿜으며 눈을 떴다.

"그래. 대충 이해가 되는군. 그런데… 내가 죽었다고?"

끝 무렵에 이어진 그의 의문에 라바운트가 고개를 끄덕이며 답했다.

"전대 로드의 권능은 다른 세상에서 최 상위격의 마를 불러오는 것이었지."

하지만 로드의 권능으로도 마의 군주에 버금가는 절대자를 불러오기에는 무리가 있었다. 때문에 죽음에 빠져 망자의 사슬에 얽매인 이들을 선택하여 끌어들이려 한 것이다.

"거기에 내가 걸린 거란 말이지."

여기에서 재차 의문이 이어진다.

"죽음이라… 역시 그건가."

천마의 머릿속으로 떠오르는 과거의 잔재가 있었다.

'역천무한대법진!'

정사마의 모든 세력이 합심하여 이룬 역사적인 '대' 진법.

'확실히 그곳을 벗어나면서 과하게 힘을 쓰기는 했었지.'

오랜만에 한계치 이상의 힘을 쏟아 냈었다. 그로 인해 시공의 균열이 발생하고 차원붕괴가 시작되었던 것도 기억났다. 거기에서 잠시간 기억이 끊겼었는데, 아마도 이 부분에서 그는 한 차례 '죽음'을 경험했던 것일지도 몰랐다.

사실, 이는 정상적인 죽음의 절차가 아니었다. 원래라면 그곳 세상의 굴레에 얽매여야 할 그의 혼이 차원의 틈새로 빠져버린 것이기 때문이다.

천마가 느끼기에는 잠시간 기억이 끊긴 것으로 여기겠으나, 실제로는 상상이상의 시간을 차원의 틈새를 떠돌았고, 그 와중에 강대하던 그의 영혼이 닳고 닳아 마모되어야만 했다.

전대 로드 아르마함의 권능과 만난 게 바로 이 시기였다.

아득히 오랜 시간 동안 틈새를 부유하던 권능이었다. 아마도 그것은 마지막 남은 권능의 잔재였을 터였다.

'신의 힘'이라 불리는 권능이라고 하나, 너무도 오랜 시간동안 틈새를 여행한 까닭에, 조금만 더 시간이 지났더라면, 결국 그 형태를 잃어 흩어져버렸을 게 분명했다. 그 권능의 마지막 원형이라고 봐도 과언이 아니었다.

천마는 이 기억하지 부분에 대한 명확한 확신이 없기에, 연신 고개를 갸웃거리며 생각을 길게 이어가는 것이었다.

문득, 떠오르는 의문이 있어 라바운트를 향해 물었다.

"권능은 아직도 남아있는 거냐?"

"아마도 없을 거라고 생각하네."

"뭐야? 그 확신 없는 대답은."

"내 나름대로 조치를 한다고 했네만, 아무래도 이 세상 바깥으로 뻗어간 권능을 전부 관찰하는 건 무리가 있다네. 하지만 벌써 수천년도 더 전에 발현된 권능이니. 슬슬 제 모습을 잃어 흩어졌을 것이네."

그토록 오랜 시간이 지났건만, 아직도 존재하고 있었다

는 게 오히려 신기한 일이라 할 수 있었다. 이는 유난히 뛰어났던 전대 로드의 능력과도 관계가 있을 거라고 추측할 뿐이었다.

그의 이야기에 고개를 끄덕이는 천마를 바라보며, 라바운트가 이야기를 더했다.

"최소한 이 세계와 인접한 장소의 권능들은 전부 거둬들였네."

무림으로 향하던 천마의 혼을 마계로 이끌었던 권능이 사라졌다는 의미였다. 이에 재차 고개를 끄덕이던 천마가 이를 드러내며 웃었다.

"사실, 마계생활이 싫은 건 아니야."

단지 그의 운명이 타인에 의해 비틀렸다는 게 거슬렸을 뿐이었다.

"그 동네가 생각보다 내 성격에 딱이더라고."

특히, 서큐버스들과 함께 보내던 시간을 생각하면 그저 흐뭇할 따름이었다.

"크큭… 큭!"

생각만으로도 웃음이 나올 만큼 그녀들은 최고였다.

"알려 줄 이야기는 다 알려줬으니, 이제는 나도 좀 들을 수 있겠나?"

즐거운 상념을 깨는 라바운트의 질문에 잠시 눈살을 찌푸리던 천마가, 이내 어깨를 으쓱이며 말했다.

"짧게 끝내. 길면 대답하기 귀찮으니까."

알겠다는 듯 고개를 끄덕인 라바운트가 그를 찾으며 궁금해 하던 의문을 꺼내들었다.

"이곳에는 왜 돌아온 건가?"

더 이상 이쪽 세상에 미련을 둘 이유가 없기에, 훌훌 털어버리고 이곳을 떠난 것이라고 여겼다.

헌데, 다시금 이곳에 발을 들인 이유가 무엇이란 말인가.

"어째서 돌아왔냐고?"

천마가 한쪽 입 꼬리를 위로 올리며 짧은 실소와 함께 답했다.

"큭! 존재이유를 찾으러 왔지."

이건 또 무슨 뜬금없는 소리란 말인가.

"무슨 의미인가?"

재차 이어진 라바운트의 의문에 천마가 나머지 입 꼬리마저 위로 올리며 하얗게 이를 드러냈다.

"브라만의 존재이유라고나 할까."

"…제튼 그 사람을 말하는 건가?"

천마가 고개를 저었다.

"로드가 고룡 중에서도 급이 높다더니, 귀가 갔나? 브라만의 존재이유라니까."

짧은 타박이 날아들었다. 그리고 이 순간 라바운트의 머릿속을 스치는 생각이 있었다.

"자네, 설마?"

딱딱하게 굳은 라바운트의 표정이 천마를 더욱 즐겁게 만들었다. 시리도록 하얀, 너무도 순수한 그 미소가 오싹한 경고음을 보내왔다.

"자네는… 또 다시 제튼 그 사람의 삶을 빼앗으려 하는 것인가."

"빼앗다니. 말에 어폐가 있네. 제 권리를 누리게 해 주려는 건데, 너무 나쁘게만 보지 말라고."

화아아악!!

라바운트의 전신에서 농도 짙은 마나가 뿜어져 나왔다. 하늘 가득 깔려있던 먹구름이 일부 걷히고, 사라졌던 태양이 모습을 드러냈다.

"자네를 막아야하는 이유가 또 하나 늘었군."

각오가 느껴지는 라바운트의 모습에 천마가 양 주먹을 말아 쥐며 안광을 번뜩였다.

"즐거운 대화시간인가."

이내 본격적인 전투가 시작되었다.

◈

예상했던 그대로라고 해야 할까?

꼬르륵….

식사시간 내내 마누라의 눈칫밥만 먹은 탓인지, 뱃속이 앓는 소리를 방출하며 격한 시위를 하는 게 느껴졌다. 실제로 식사량이 부족하기도 했다.

"끄응… 너무 늦었는데, 식당이 열렸으려나."

잠깐 바람 좀 쐬고 온다며 나와서, 어느새 스테일 남작령까지 달려와 버렸다.

다행이라고 해야 할까? 늦은 시간임에도 불구하고 식당의 불이 켜져 있는 게 보였다.

딸랑…

문을 열고 들어가니 아직 영업이 한창이었다.

"제튼 선생님?"

익숙한 음성에 고개를 돌려보니, 이곳 하르만 식당의 후계자를 자처하는 월트가 보였다.

"이 시간에 웬일이세요?"

"그냥… 지나다가."

당연한 물음에 슬쩍 시선을 피하며 얼버무리는데, 그 순간 월트의 눈이 빛났다.

"또 쫓겨나셨구나."

이와 비슷한 상황이 몇 차례 있던 까닭에, 월트는 단번에 상황을 파악해냈다.

사실, 스테일 남작령과 아루낙 마을의 거리를 생각한다면, 월트가 이런 비밀을 알 리가 없었으나, 한 때 그의 집에 머물던 쿠너와 월트가 상당한 친분이 있던 탓에, 본의 아니게 쓸데없는 이야기가 흘러들어간 것이다.

"쫓겨나기는, 그냥 지나가다가 들렀다니까!"

버럭하는 제튼의 모습에 월트가 실실 웃으며 자리로 안내했다.

"어째 평소보다 늦게까지 장사를 하는 것 같다?"

제튼의 의문에 월트가 나직하니 한숨을 내뱉었다.

"아무래도… 장사가 잘 안 되니까요."

그 말에 의아한 얼굴이 된 제튼이 식당 안을 살짝 훑었다. 손님 숫자가 적기는 하나, 이 시간에 저 정도라면 나쁘지 않다고 여겼건만, 보이는 게 전부는 아닌 모양이었다.

"평소보다 늦게까지 장사를 해야 그나마 손해가 덜하니까요."

최근에는 새벽까지 불을 켜둔다고 했다.

"역시… 전쟁 때문일까요?"

월트의 이야기에 제튼의 표정이 살짝 굳어졌다.

"뭐, 지난번에도 별 피해 없이 넘어갔다면서, 주변 어른들은 걱정하지 말라고 하시는데."

그리 생각하는 게 쉽지는 않았다. 아무래도 전쟁이라는 단어가 주는 무게감이 있는 까닭이었다. 어두워지는 분위기에 제튼이 화제를 전환했다.

"쓸데없는 소리 말고 주문이나 받아."

그러며 딱밤을 한 대 먹이니, 정신이 번쩍 드는 듯 윌트가 눈물을 그렁그렁 매단 채 노려봤다.

"어쭈! 손님은 왕인데, 요놈 눈빛 보게."

"끄응…."

앓는 소리를 내며 결국 윌트가 고개를 팩하니 돌리는데, 유난히 튀어나온 입술이 그 심경을 절절히 내비치고 있었다.

"주문이나 하시죠."

말투 역시도 곱지만은 않았다.

"매번 똑같지 뭐."

짧은 주문과 함께 손을 살랑살랑 흔드니, 윌트의 얼굴이 벌겋게 달아오르는 게 보였다.

얄미운 마음에 성이 났을 것이다. 하지만 말 그대로 손님인데다가, 덤벼도 당해낼 재간이 없으니 그저 속으로만 삭일 뿐이었다.

씩씩거리며 멀어지는 윌트의 모습에 잠시 실소하던 제튼이, 이내 윌트의 모습이 사라지자 표정을 굳히며 창밖으로 시선을 던졌다.

'전쟁이라….'

결코 달갑지 않은 이야기였다. 지금 상황과 맞물려 사람들의 입에 자주 오르내리는 이름이 특히나 그를 불편하게 했다.

〈대공이 계셨더라면.〉

〈대공께서 해결해 주실 거야.〉

〈대공이 돌아오시면….〉

상념의 소용돌이 속에서 왠지 모르게 지끈거리는 머리를 부여잡고 있노라니, 때 아닌 외침이 그를 현실로 불러들였다.

꼬르르륵…

차갑게 굳었던 표정에 은은하니 온기가 돌며 입가에 옅은 미소가 그려졌다. 일순간 머릿속에 떠오른 얼굴 때문이었다.

〈여봇!〉

성난 그녀의 외침이 환상처럼 들려왔다.

"큭!"

호랑이 같은 마누라였으나, 왠지 너무도 보고 싶은 순간이었다.

'우선 배 좀 채우고.'

주방에서 그의 것으로 여겨지는 음식이 나오는 게 보였다.

❖

칼레이드 제국의 수도 크라베스카는 그 거대한 규모만

큼 다양한 시설이 널려있는데, 그 중에는 사람들에게 알려지지 않은 장소들도 상당수 존재했다.

특히, 기사들이나 은밀한 세력들이 단련을 할 법한 비밀 연무장들이 제법 많았는데, 쿠너가 현재 서 있는 장소 역시도 그런 비밀 연무장 중 한군데였다.

'얼핏 봐서는 작고 허름해 보이는데… 생각보다 단단하단 말이지.'

연무장을 쭈욱 돌아보는 쿠너의 시선 속에 잠시간 감탄의 빛이 어렸다.

그도 그럴게 이곳 연무장은 그와 브로이의 대련을 버텨낼 정도로 내구성이 뛰어났기 때문이었다.

'고위 방어마법이 걸려있다는 뜻이겠지.'

짧게 고개를 끄덕이던 그의 시선이 연무장 중앙으로 향했다. 일단의 무리들이 흙바닥에 앉아 명상을 하는 모습이 보였다.

브로이를 통해 소개받았던 이들로써, 그의 치료가 필요하다던 기사들이었다.

외부에 알려지면 시끄러워질 여지가 있기에, 제튼이 저들을 위해 따로 마련해 둔 장소였다. 물론, 실질적으로 움직인 건 오르카와 돼지고양이 사반트였다.

'확실히 보통 실력자들이 아니야.'

연무장 중앙의 기사들을 바라보는 쿠너의 얼굴에 재차

감탄의 빛이 스쳤다.

'이제 겨우 기운이 깨어난 건데도 저만한 기세라니.'

제튼의 예상이 들어맞은 것일까? 저들에게 쿠너의 치료법은 제대로 먹혔고, 그로 인해 어느새 어지럽게 꼬여있던 내부의 기운들이 조금씩 제 길을 찾아가는 중이었다.

혼탁해진 그들의 기운 속에 쿠너의 기운은 한 줄기 광명처럼 빛을 비추고 길을 열며 숨통을 틔워 준 것이다.

그 덕분에 작게나마 오러를 일깨울 수 있었는데, 그 미세한 기운만으로도 쿠너를 감탄하게 만드는 기백을 뿜어내고 있었다.

새삼 저들의 과거가 궁금해지는 순간이었다.

'뭐… 대충 예상은 하고 있지만.'

저들의 대화 사이사이 간혹 튀어나오는 내용들과 그간의 태도나 대련법 등등을 통해, 저들과 제튼의 과거에 대한 추리가 거의 끝나가는 중이었다.

물론, 저들의 대화를 몰래몰래 엿들은 것도 도움이 됐다.

'설마, 설마 했는데….'

아직 확답을 들은 건 아니었으나, 그래도 이미 확신하고 있었다.

'선생님이 브라만 대공이셨다니.'

어느 정도 의심을 하고 있었기에 빠른 결론이 가능했다. 혹시나 하는 마음으로 이미 브로이에게 운을 띄워보기도 했다. 물론, 그는 대답을 해 주지는 않았다.

그저 조용히 웃을 뿐이었고, 그 미소 속에서 답을 들은 것 같았다.

'대공의 기사.'

자연스럽게 저들 연무장의 중심에 있는 기사들의 정체도 알 수 있었다.

'연령대로 봐서는… 거의 초창기의 기사들이겠지.'

때문에 더욱 저들에 대한 존경심이 샘솟았다. 재국 전쟁의 살아있는 역사가 아니던가. 더불어 스승에 대한 경외심 역시도 더욱 깊어져 있었다.

'하지만… 알려진 대공의 모습하고 너무 다르단 말이지.'

브라만 대공과 제른은 아무리 생각해도 같은 사람처럼 여겨지질 않았다.

'지금 선생님의 성격이 가짜 같지는 않으니… 아무래도 전쟁 중에 보여줬던 모습이 꾸며낸 것이려나.'

거기까지 생각하던 그의 표정에 옅은 그늘이 내려앉았다. 브라만 대공과 전쟁을 연상하다보니, 최근 제국의 분위기를 떠올리게 된 까닭이었다.

'전쟁인가.'

아카데미 저학년들도 움직이는 게 어떻겠냐는 안건이 올라올 만큼 분위기가 급박해지고 있었다.

그나마 다행이라면 동부의 몬스터 토벌이 마무리되었다는 소식으로 인해, 원정을 나갔던 고학년들이 복귀하고 있다는 점이었다.

'어린 학생들을 전장에 내몰 수야 없지.'

특히, 저학년에는 케빈과 메리도 포함되어 있지 않던가. 케빈이야 문제없겠으나, 아무래도 메리는 걱정이 될 수밖에 없었다.

'그나저나 선생님은 나설 생각이 없으신 건가.'

대공을 기다리는 사람들의 외침이 떠올랐다.

〈대공은 어디에 계신가?〉

전쟁이라는 특수 상황이다 보니 전쟁영웅을 찾게 되는 건 당연한 수순일 터였다. 때문에 쿠너 역시도 제튼의 행보가 궁금해지는 것이다.

〈대공께서 계셨더라면.〉

하나된 목소리로 제튼을 찾는 사람들의 외침이 귓가를 맴돌았다.

◈

전투는 그 시작부터 치열했다. 탐색전이니 뭐니 하는 건 애초에 생각지도 않았다는 듯, 전력으로 부딪쳐오는 천마의 모습으로 인해 라바운트는 적잖게 고역을 치러야만 했다.

"으랏차차!"

호쾌한 외침과 함께 쭈욱 뻗어오는 주먹질에 거대한 산이 담겨 있었다.

급히 절대방어의 마법을 실현하지만, 종잇장처럼 부서지며 위협을 해 온다. 결국 용언까지 내비치고 나서야 위기를 벗어날 수 있었다.

그렇다고 해서 안심할 수는 없었다. 천마의 공격은 쉴 새 없이 날아들고 있었고, 라바운트는 바삐 용언을 남발하며 수비에 전념해야만 했다.

'이대로는 안 되겠군.'

상황을 타개할만한 여지가 없자, 결국 미뤄뒀던 선택지에 발을 내밀었다.

우우우웅…

일순간 전신이 금빛으로 밝게 빛나더니, 사방을 환히 비추기 시작했다.

"순순히 본체로 돌아가게 놔둘까보냐."

천마가 그리 중얼거리며 재차 연격을 퍼부었다.

파스스스…

하지만 그의 공격은 금빛 물결에 닿기도 전에 흩어져버렸고, 이를 본 천마의 눈에 이채가 감돌았다.

'권능인가.'

이런 기적과도 같은 힘이라면 그것뿐이었다.

'귀찮은 능력이야. 쯧!'

권능 역시도 용언 또는 심검과 같은 의지의 발현이지만, 그 위치는 '기적'의 영역에 닿아있는 특별한 것이었다.

용언이나 심검도 마법사나 검사들은 기적이라고 부르는 면에서는 비슷하게 여길 수 있었으나, 거기에는 아이와 어른 만큼의 차이가 있다고 봐도 과언이 아니었다.

할 수 없다는 듯 공격을 멈춘 채 잠시간 호흡을 고르기로 했다. 그러는 사이 금빛 물결은 그 범위를 넓혀가고 있었다.

권능의 영역에 있는 힘 때문일까?

천마로 인해 형성된 먹구름이 순식간에 걷히며, 푸른빛 창공이 온전하게 제 모습을 드러내고 있었다.

그리고 이내 금빛 물결이 거둬지고, 금빛 거체가 모습을 드러냈는데, 그 크기가 입이 떡 벌어질 만큼 거대했다.

족히 오백미르(m)는 될 법한 거체였는데, 마치 산 하나가 허공에 떠 있다는 느낌이 들 정도로 어마어마했다.

"휘유… 역시 드래곤 로드라 이건가."

마계에도 마룡이라 불리는 드래곤 일족들이 존재했다. 하지만 그들 중에서도 이 만큼 대단한 거체는 본 적이 없었다.

'마룡왕이라면 또 모르겠군.'

아직 만나보지 못한 마룡들의 수장을 떠올리며 라바운트와 비교하는 찰나, 저 하늘 높은 곳에서 한 줄기 빛 무리가 떨어져 내렸다.

"후웃!"

급히 몸을 빼내는데, 그가 서 있던 반경 백여미르에 달하는 공간으로 거대한 화마가 휩쓸고 지나갔다.

'브레스.'

빛 무리의 정체를 단번에 파악했다. 저 거체를 본다면 너무도 적은 범위의 공격이었으나, 결코 우습게 볼 수는 없었다. 기운을 압축시켰다는 걸 알고 있는 까닭이었다.

'브레스의 기운이 한데에 모을 수 있는 거였나?'

잠시간 눈을 동그랗게 뜨던 그의 전방으로 거대한 태풍이 몰아쳐왔다.

우우우웅…!

급히 기운으로 육신을 감싼 뒤 태풍의 정체를 확인했다.

"하! 하핫! 크하하하하!"

그러더니 이내 폭소를 터트리는데, 이는 조금 전 태풍이 가벼운 날갯짓으로 인한 것임을 확인한 까닭이었다.

"좋아! 아주 좋아!"

절로 올라가는 입 꼬리와 달아오른 얼굴이 그의 흥분도를 비쳐줬다.

가히 마왕급이라 해도 과언이 아닌 상대로 인해, 절로

투기가 샘솟고 있는 것이다.

밀려나갔던 먹구름이 재차 하늘을 뒤덮기 시작하는데, 라바운트의 존재감 때문일까? 일정 영역을 나아가지 못한 채, 연신 흔들리고 있는 게 보였다.

그리고 이 부분이 더욱 천마를 흥겹게 만들었다.

"짓이기는 맛이 있겠어. 크하하하하하!"

이내, 거대한 금빛과 짙은 어둠이 어우러졌고, 이날 서대륙은 알 수 없는 천둥소리와 지진으로 인해 두려움에 떨어야만 했다.

◈

겨우겨우 배를 채우고 다시금 집으로 돌아왔을 때, 눈물 나게도 집안은 컴컴하니 어둠에 잠겨 있었다.

'당연한 건가.'

시간이 늦었으니 다들 잠든 게 이상한 건 아니었다. 그래도 왠지 울적한 마음은 어쩔 수 없었다.

조심스레 방으로 들어가 보니 셸린 역시도 이미 잠자리에 들어 있었는데, 참으로 서러운 건 그의 잠자리가 따로 구석에 마련되어 있다는 점이었다.

눈시울이 붉어지는 건 어째서일까?

'울면 안 돼!'

애써 감정을 추스르며 구석에 몸을 눕히는데, 그 위치가 참으로 절묘해서 창가에서 내리쬐는 달빛에 정통으로 직격인 자리였다.

이 부분까지 세심하게 고려한 셀린의 조치였다. 그나마 다행이라면, 과거에도 몇 차례 경험한 적이 있다는 것이다.

'크흑!'

그 과거 때문에 괜히 또 눈가가 촉촉해졌다. 재차 가슴을 다스리다, 혹시나 하는 마음에 자리에서 일어나 슬쩍 셀린의 옆자리에 엉덩이를 걸쳐봤다.

빠악!

시원한 타격소리와 함께 허리로 통증이 밀려들었다.

'이… 이노무 여편네가!'

버럭 성질이 나오려는데, 그 순간 셀린의 싸늘한 눈초리와 마주해버렸다.

"깨… 깼어?"

화는커녕 찔끔한 얼굴로 그리 물음을 던지는 게 전부였다. 다행인지 불행인지 대답은 없었다. 그저 눈을 감은 채 등을 돌릴 뿐이었다.

잠시 그 뒷모습을 바라보던 제튼이 조심조심 걸음을 옮겨 구석으로 향했다. 다시금 잠을 청하는데, 오늘따라 달은 또 왜 이리도 밝은지 쉬이 잠자리를 허락하지 않았다.

'끄응…'

겨우겨우 앓는 소리를 삼켜내며 눈을 질끈 감고 있는데, 돌연 몰아친 오싹한 감각에 피부가 일어나는 걸 느꼈다.

극히 미세한 감각이었으나, 잠이 달아날 정도의 오싹함이 그 안에 담겨있었다.

굳은 표정으로 자리에서 일어난 그의 신형이 이내 거짓말처럼 방안에서 사라졌다.

유령처럼 밖으로 나온 제튼은 지붕 위에 올라서 한 방향으로 시선을 집중했다. 조금 전 그 소름끼치는 기운의 근원지를 쫓는 것이다.

'서쪽…'

그것은 기운이라기보다는 하나의 '흐름'이 흘러들어온 것으로써, 그가 천기라고도 부르는 세상의 흐름에 닿아있기에 밀려든 일종의 사념과도 같았다.

평소라면 한 차례 눈살을 찌푸린 뒤, 다시금 잠을 청했을 터였다. 하지만 이번만큼은 그게 쉽지가 않았다.

이는 흐름 속에서 불쾌한 느낌을 받은 까닭이었다.

'…천마?'

한 차례 이어진 의문. 그리고 향하는 시선. 그 동공은 하늘이 아닌 세상의 흐름을 향해 있었다.

구름 한 점 없는 맑은 밤하늘이 별과 달의 찬란함을 오롯이 드러내고 있었으나, 그의 시선에는 짙은 어둠만이 가득했다.

'설마……?'

그리고 이어진 의심.

'아니야. 아닐 거야. 내가 잘 못 느낀 거겠지.'

뒤이어 행해진 부정과 불신.

'그럴 리가 없잖아?'

끊임없이 이어지는 상념의 꼬리잡기로 인한 여파일까? 일순간 현기증을 느끼며 발끝에 힘이 빠졌다. 휘청이는 신체의 요동에, 뒤늦게 균형을 잡고 힘을 뻗어 지붕에서 미끄러지는 건 면할 수 있었으나, 힘 조절을 실패한 것일까?

콰직!

짧은 소성과 함께 지붕 한 귀퉁이에 그의 발자국이 남아버렸다.

"후우…."

한숨과 함께 지끈거리는 이마를 부여잡은 채, 지붕을 내려와 다시금 방으로 들어갔다. 휴식이 필요하다고 느낀 것이다.

그렇게 창을 넘는데, 조금 전 그 소리에 깬 것일까? 방안의 공기변화를 느낀 것일까? 셀린이 자리에서 일어나는 게 보였다.

"왜 그래? 무슨 일이야?"

145

달빛에 비친 제튼의 옆얼굴에서 이상한 부분을 느낀 것일까? 차갑게 식어있어야 할 셀린의 얼굴에 온기가 돌더니, 이내 거리를 두던 제튼에게 먼저 다가들고 있었다.

"여보?"

그녀의 걱정스런 음성에 제튼이 조금은 놀란 얼굴이 되어버렸다. 그녀의 목소리를 듣기가 무섭게 지끈거리던 머리가 한결 개운해지는 걸 느낀 까닭이었다.

"왜 그러냐니까?"

조금은 높아진 그녀의 음성. 하지만 그 안에 담긴 열기는 더욱 짙어져 있었다. 그를 향한 온기가 뜨겁게 와 닿았다.

"하아…."

나직한 한숨과 함께 제튼이 그녀에게 몸을 기댔다. 자연스레 안기는 자세가 된 상황 속에서, 제튼이 뜬금없는 이야기를 꺼내들었다.

"혹시… 내 과거에 대해서 추측하고 있는 거 있어?"

금기시하던 화젯거리에 셀린의 눈이 동그래졌다.

◈

사방이 비명성과 신음성으로 그득하고, 곳곳에서 흘러넘치는 핏물이 대지 위를 진득하니 물들이는 모습이 너무도 당연한 장소, 전장이라 불리는 그 장소의 한가운데, 너무도 어울리지 않는 순백의 무리들이 활발하게 움직이고 있었다.

사제단!

성국에서 출발했던 그들은 현재 제국과 연합왕국의 전쟁이 한창인 생사의 경계선에 도착한 상태였다.

전장의 중심이라고는 하나, 실제로 피 튀기는 전장터는 그들이 있는 곳에서 조금 더 떨어진 곳으로써, 이곳은 부상자들이 실려 오는 치유시설이었다.

말이 시설이지 그저 공터에 천막 몇 개 쳐놓고, 흙바닥에 짚단을 깔아놓은 정도뿐이기에, 실질적으로는 치료를 하기에는 좋은 환경이라 할 수가 없었다.

하지만 하루에도 전장이 뒤바뀌는 급박한 전쟁터이기에 납득하고 넘어가야만 했다.

사제단은 신음과 고통이 넘쳐나는 이곳 치료시설에 도착하기 무섭게 활동에 들어갔다.

곳곳에서 퍼져 나오던 고통스런 신음소리 사이사이로 기도소리가 울려 퍼지기 시작했다.

그렇게 바쁘게 움직이는 사제단의 무리 속에서 단 한 사람, 유독 가만히 서 있는 이가 있었다. 이에 치료실을 관리하던 자라한 남작이 눈살을 찌푸리며 그에게 다가가 물었다.

"왜 그러시는지요? 무슨 문제라고 있으십니까?"

상대의 정체에 대해 상부에서 언질 받은 게 있기에, 비록 하위 사제라고는 하나 말투에는 정중함이 묻어나오고 있었다.

이에 사제가 답했다.

"별 건 아닐세. 단지… 생각중이라네."

다 죽어가는 환자들을 앞에 두고 무슨 생각을 한단 말인가.

"이곳에서 나는 어떤 마음으로 서야 하는가 생각중일세."

절로 눈살이 찌푸려지는 이야기에 자라한 남작의 음성이 살짝 높아졌다.

"사제단의 목적을 모르시는 겁니까?"

이에 사제가 웃으며 물었다.

"우리의 목적이 무엇인가?"

"그야 당연히 고통 받는 병사들을 치료하는 거 아닙니까!"

"그런가. 그렇군."

고개를 끄덕이면서도 움직이지 않는 사제의 모습에 자라한 남작의 표정이 와락 구겨졌다.

'방랑사제? 대신관급의 사제라기에 기대했더니. 이 태도는 대체? 뭘 어쩌라는 거야. 젠장!'

사제, 마르한이 자라한 남작의 불만스런 얼굴을 향해 말했다.

"나는 그저 순리를 따르고자 하는 걸세."

이건 또 무슨 소리인가. 이해할 수 없는 이야기에 구겨졌던 얼굴이 한 차례 더 비틀릴 때, 마르한이 재차 입을 열었다.

"사제로써 나의 순리는 이곳에 있지 않네."

애써 끓는 속을 달래며 자라한 남작이 물었다.

"그럼 어디에 계십니까?"

이에 마르한이 웃으며 답했다.

"사람들 사이에 있지."

"지금… 저와 말장난을 하시자는 겁니까?"

"아닐세. 아니야. 단지, 이곳에는 약육강식의 순리만이 존재하기에 마음이 안 가는 것뿐일세."

"무슨 말씀이신지 알겠습니다. 알겠으니까. 사제단의 본분을 지켜주시지요."

이에 마르한이 처음으로 눈살을 찌푸리며 자라한 남작을 바라봤다.

"모르는 걸 안다고 하지 말게나."

"끄응…."

상부의 지시만 없었더라도 당장 검을 뽑아들었을 터였다. 자라한 남작은 끓는 속을 힘겹게 달래가며 발걸음을 획 하니 돌렸다. 더 이상 대화를 나눴다가는 참기가 어려울 것 같았기 때문이었다.

하지만 그냥 물러날 생각은 없었다.

"마음대로 하시죠. 대신 이 모든 상황들이 성국에 보고 될 수 있다는 것도 잘 아셔야 할 겁니다."

그 말을 남기며 성큼성큼 멀어지는 자라한 남작의 모습에 마르한이 쓰게 웃었다.

"성국 눈치를 볼 거였다면 애초에 이곳으로 오지도 않았겠지."

여전히 고행의 길을 걷고 있거나, 아루낙 마을에서 남은 생을 흘려보내고 있었을 터였다.

'하지만….'

그의 시선이 치료실을 쭈욱 훑어갔다.

"치료사로써는 이 장면을 그냥 보고 넘어가기가 어렵겠군."

그는 뛰어난 사제이며 동시에 고명한 치료사이기도 했다. 그를 아는 이들 중에는 성직자가 아닌, 치료사로써 그를 대접하려는 이들도 제법 있을 정도였다.

대륙 곳곳을 돌아다니며 보고 배우고 쌓아온 다양한 지역의 치료술이 그에게는 있었다.

게다가 지금 상황에는 성력보다는 치료술이 더 필요하다고 여겼다.

'괜히 또 전장으로 내몰리는 것 보다는 이게 낫겠지.'

고개를 끄덕거리며 소매를 걷어붙인 채 환자들에게로 향할 때였다.

오싹!

마치 두드러기가 일어나듯, 전신 가득 오돌토돌한 살들이 일어나는가 싶더니, 그의 발걸음이 멈춰 섰다.

'이건….'

그의 시선이 하늘로 올라 한쪽 방향을 쫓아갔다. 저 멀리 저물어가는 태양빛을 쫓아 서쪽으로 향해 있었는데, 어째서인지 그 얼굴빛이 너무도 어두웠다.

조금 전, 소름이 끼칠 정도로 두려운 무언가가 저 먼 곳에서부터 밀어닥치며 그의 걸음을 잡았었다.

붉은빛 하늘보다 한발 빠르게 어둠이 내려앉은 그의 얼굴 위로 짙은 의문이 피어났다.

'제튼?'

오싹한 감각 속에서 어째선지 그의 흔적을 느꼈다.

'…대체?'

마치 망부석이라도 된 듯, 그는 그렇게 한참이나 움직이질 못했다.

✤

"혹시… 내 과거에 대해서 추측하고 있는 거 있어?"

갑작스런 질문에 무어라 대답해야 할지 생각하고 있을 때,

"지난 20년의 세월동안 나는 유령이었어."

돌연 시작된 그의 과거지사.

그 이야기는 실로 놀라운 내용들로 가득했다. 어째서 갑자기 과거를 밝히는 것일까? 의문이 뒤따랐으나 차분히 호흡을 고르며 이야기에 집중했다.

의외인 점은 놀랍기는 할지언정 충격적이지는 않았다는 점이었다.

브라만 대공!

혹시, 어쩌면, 아마도 그렇지 않을까. 하며 그의 정체에 대해 의심을 품었던 적이 간간히 있었던 까닭에, 생각보다 충격이 덜했던 걸지도 몰랐다.

전쟁영웅이라고 불리지만, 때로는 마귀며 마왕이고 마신이며 사신이라 불리는 악귀가 남편이라는 충격보다, 제튼 반트라는 존재에 대한 안쓰러움이 더 컸다.

이야기를 시작할 때, 그가 자신을 유령으로 표현했던 이유를 알았고, 그로 인해 가슴이 먹먹해지는 아픔을 느꼈다.

"좀 더 일찍 말해줬어야 하는데… 미안."

그렇게 사과로 이야기를 끝내는 제튼의 모습에, 셀린은 잠시 그를 바라만 봤다. 그늘 짙은 얼굴로 그녀의 판단을

기다리는 모습이 왠지 가슴을 아프게 두드렸다.

와락!

그래서 그를 마음깊이 껴안았다. 어떤 말을 해야 할지 모르기에, 그저 가슴이 시키는 대로 그를 어루만진 것이다.

의외의 반응에 잠시 당황하던 제튼은 이내 가만히 눈을 감으며 그녀의 마음 깊이 얼굴을 묻었다.

한동안 몸을 기댄 채, 아픔을 어루만지며 가슴을 진정시키고 난 뒤에야 부부는 다시금 이야기를 시작할 수 있었다.

"사실, 어디까지 이야기할지 많은 고민을 했어."

제튼은 그리 말하며 셀린을 바라봤다.

"천마…에 대해서는 알아서 좋을 게 없다고 생각했었거든."

하지만 한 번 이야기가 시작되자 거짓을 말하기가 싫었고, 결국은 천마의 존재까지 입에 올리며 과거의 전부를 밝혀버렸다.

"괜한 이야기를 했나 싶네."

그러며 쓰게 웃는다. 이런 제튼의 반응에 셀린이 그의 손을 꼬옥 잡으며 말했다.

"지금 그 말이 괜한 소리야."

"…그런가."

재차 웃는 제튼의 미소가 한결 가벼워져 있었다. 그런 남편을 향해 셀린이 재차 물었다.

"혹시, 최근 들어서 내 몸이 가벼워지는 것도 당신 때문이야?"

벌써 50대가 코앞이건만, 어째선지 몸은 20대처럼 건강하지만 했다. 때문에 이해가 가질 않았고, 자연스레 의문은 제튼에게로 닿았다. 그녀 주위에서 이런 이상현상은 남편 외에는 생각하기가 어렵기 때문이었다.

고개를 끄덕이는 제튼의 모습을 확인하며 재차 물었다.

"부모님들도?"

이번에도 제튼은 고개를 끄덕였다. 제튼의 부모님과 셀린의 부모님들은 연령에 비해 너무도 정정하셨고, 그 때문에 마을 사람들이 매번 감탄하고는 했다.

대화를 통해, 이 역시 제튼으로 인한 것이라는 걸 알게 된 것이다.

"고마워."

잠시 그녀와 시선을 마주하던 제튼이 나직한 음성으로 재차 말문을 열었다.

"사실… 나는 남은 여생도 유령처럼 살아가려고 생각하고 있었어."

고향에 돌아온 뒤, 그저 조용히 땅을 일구며 보내려했다.

"결혼이란 것도… 평생 생각해보지 않을 생각이었거든."

비록 그가 행한 게 아닐지라도, 너무 많은 여인들의 삶이 그로 인해서 바뀌고 얽매여 버렸기에, 그 자신은 홀로 지내려 한 것이다.

〈거짓말! 너는 황제에게 마음이 있는 거다.〉

순간, 환청마냥 천마의 음성이 들려왔다.

'어쩌면… 그런 점도 있겠지.'

하지만 그게 전부는 아니었다. 여러 가지 복합적인 이유가 어우러져 혼자라는 생각에 다다른 것이다.

"당신이 아니었다면, 분명 아직까지도 나는 혼자서 땅만 바라보며 지냈을 거야."

어린 시절 처음으로 마음을 줬던 상대였기에, 그의 견고한 마음의 벽 한편에 작게나마 틈이 열렸던 걸지도 몰랐다.

"대공의 모든 걸 누리고 싶지는 않아?"

권력과 명예, 부와 영예까지 그 모든 게 제튼의 것이 될 수 있었다. 헌데, 그 모든 걸 버려두고 온다는 것이 아깝지는 않았을까?

"글쎄… 한 20대 중반 쯤에는 그걸 전부 가지고 싶다는 생각도 했던 것 같긴 하네."

전쟁이 시작되고 어느 정도 전장의 어둠에 적응하기 시작하며, 잠시간 그런 마음이 들었던 시기도 있기는 했다. 하지만 지금은 그런 마음이 없었다.

"뭐, 그 때는 젊었으니까. 하핫! 나도 나이를 먹었다는 거겠지."

그리 대답하고 있었으나 셀린은 그게 전부는 아니라고 느꼈다. 그저 추측일 뿐이겠으나 그녀가 생각하는 건 달랐다.

'죄책감… 때문이 아니었을까?'

제국전쟁이 제튼으로 인해 벌어진 전쟁은 아니었으나, 그의 육체로 이뤄진 행위였다. 그녀는 상상도 할 수 없는 아픔이 거기에 존재했을 게 분명했다.

"또 궁금한 거 없어?"

제튼의 물음에 셀린은 잠시간 그를 바라보다가 가장 궁금했던 질문을 꺼내들었다.

"그런데… 비밀을 털어놓은 이유가 뭐야?"

셀린이 생각하기에는 아직도 더 숨기려고 했다는 느낌이 강했다. 헌데, 갑작스레 과거를 꺼내든 것이다. 이는 그의 심경에 커다란 변화가 있었기 때문이라고 짐작됐다.

잠시간 그녀를 바라보던 제튼이 창밖으로 시선을 던졌다.

'천마……'

조금 전, 잠자리에 들 무렵에 느꼈던 그 기이한 느낌이 떠올랐다. 고민이 이어졌다. 이야기를 해야 하는지 또 다시 비밀을 만들어야 하는지의 고민이었다.

하지만 그렇게 되면 지금껏 숨겨왔던 비밀을 털어놓은

대신, 새로운 비밀이 그 자리를 차지하게 되는 것이다.

'아니. 아니야.'

고개를 흔들며 불길한 생각들을 털어냈다.

'내 착각일수도 있어. 아직 확실한 건 아니니까.'

시선을 다시 셀린에게로 돌리며, 잠시 미뤘던 대답을
했다.

"그냥… 충동적이었나 봐."

틀린 말은 아니었다. 실제로 갑작스레 느껴졌던 그 불길
한 느낌에 당황했고, 그 순간 셀린에게서 받은 따뜻함에
안도했다.

그래서일까? 그녀에게 비밀을 만들고 싶지 않다는 마음
이 강하게 든 것이다. 상당부분 충동적인 느낌이 컸다.

잠시 셀린을 바라보던 제튼이 공기전환도 할 겸, 슬쩍
뜬금없는 질문을 던져봤다.

"당신은 어때? 혹시 대공의 부인자리가 아깝지는 않아?"

이에 셀린이 가볍게 실소하며 제튼을 바라봤다.

"별로."

너무도 시원스레 나오는 셀린의 대답에 조금은 의외라
는 듯, 제튼이 눈을 동그랗게 뜨며 그녀를 바라봤다.

"왜? 내가 그렇게까지 속물처럼 보였어?"

"아니. 그건 아니지만… 그래도 자리가 자리니까."

조금쯤은 주저하거나 생각하는 모습이 보일 줄 알았다.

"자리라는 게 꼭 좋은 건 아니더라."

이미 한 차례 부유한 집안의 안주인으로써 살아봤던 경험 때문일까? 그녀의 이야기에는 상당한 진실성이 담겨있었다.

"게다가… 그렇게 되면 당신을 독점할 수가 없잖아."

그리 대답하며 제튼에게 미소 짓는 그녀의 모습에, 결국 제튼도 실소하며 웃을 수밖에 없었다.

"고마워."

그 말과 함께 제튼이 그녀를 껴안으려는데, 이게 웬일? 셀린이 휙 하니 뒷걸음질로 그의 손길을 피하는 게 아닌가.

"오늘은 여기까지."

그리고는 침상으로 향하는 셀린의 모습에, 제튼이 어색하니 뒷머리를 긁다 이내 그 뒤를 따랐다. 이에 셀린이 의아한 얼굴로 물었다.

"뭐해?"

"자려고."

"여기서?"

"……어? 어."

그 순간 셀린의 동공이 한 방향으로 향했다. 구석에 놓여있는 불편한 잠자리가 그 시선에 담겨있었다. 제튼이 불안한 얼굴로 셀린을 바라보는데, 그녀의 시선은 여전히 구석을 가리키고 있었다.

여전히 미소 짓고 있는 그녀의 표정이건만, 어째서인지 무섭게 느껴지기 시작했다. 결국 풀죽은 모습으로 구석 잠자리로 향한 뒤, 그곳에 몸을 눕혀야만 했다.

"뭐해?"

그 순간 또 다시 날아드는 그녀의 물음에 제튼의 고개가 번쩍 들렸다.

"베개가지고 오라는 의미였는데."

그러며 미소 짓는 셀린의 입가에 짙은 장난기가 묻어있었다. 벙찐 표정으로 바라보는 제튼에게 셀린이 이불을 슬쩍 들추며 물었다.

"안 와?"

제튼이 토끼 같은 눈망울을 한 채 달려들었다.

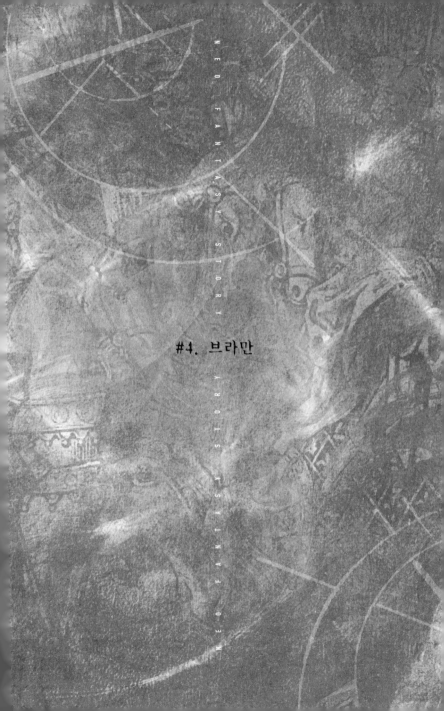

#4. 브라만

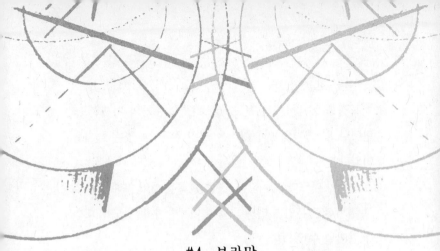

#4. 브라만

맑은 하늘에도 별은 뜰 수 있다는 듯, 창공을 가득 수놓은 빛의 향연을 보고 있노라면, 과연 저 많은 것들을 피할 수나 있을까 의문이 든다.

하지만 그 때문에 오히려 막기보다 피하는 선택지에 몸을 던지고, 이내 폭우마냥 마법들이 쏟아져 내린다.

아찔했다. 마치 빗줄기 사이를 걸어가는 느낌이랄까? 하나하나가 절대영역에 이른 마도의 결정체이다 보니, 절로 등줄기가 시원해지며 긴장감을 한층 끌어올렸다.

마치 유령이라도 된 것 마냥, 마도의 폭풍우 속을 유유히 지나치는 모습에 상대의 경악하는 얼굴을 확인할 수 있었다.

'아닌 척 하기는… 큭!'

표정을 통제하려는 듯 보였으나, 그 눈가의 미세한 경련이나 입 줄기의 비틀어짐은 결콘 놓칠 수 없는 즐거움이었다.

종족이 다르다고는 하나, 저들 일족을 여러 차례 마주치고 경험한 덕분인지 얼굴 근육의 미세한 변화 정도는 대번에 잡아낼 수 있었다.

아직 상당한 거리가 있었지만 주저 없이 주먹을 내지르자, 마치 화살이 쏘아지듯 한 줄기 날카로운 예기가 쭈욱 뻗어나갔다.

또 다시 경악하는 상대의 눈빛에 재차 즐거움이 밀려왔다. 그도 그렇게 폭우 속으로 난 한 줄기 생로를 타고 있는 까닭이었다.

마치 복잡한 진법의 결정체를 파헤치듯 뻗어나간 예기는 이내 상대의 전방에 다다랐다.

콰르르릉!

천둥성과 함께 거대한 폭발이 전방에서 터져 나오고, 쏟아지던 마도의 폭우가 일순 주춤하는 게 보였다. 한결 넓어진 길을 따라 몸을 내던지며 폭음의 중심지로 향하자, 충격파에 휩쓸려 휘청거리는 거체가 보였다.

워낙에 거대한 덩치 때문에 어딜 칠지 고민할 필요도 없었다. 그냥 내지르면 거기가 목적지였다.

파파파파파팍!

일순간 전방에서 거대한 바늘들이 솟구치며 공격해 들어왔다. 몸체를 구성한 비늘들이 일제히 일어나며 비치는 현상이었다. 하지만 이미 예상했다는 듯, 몸을 비트는 것만으로도 치명적인 공격들은 피해낼 수 있었다.

'자잘한 상처쯤이야.'

침 바르면 나을 거라는 농담을 잠시 떠올리며 주먹을 쭈욱 뻗었다.

콰악!

대번에 비늘을 뚫고 살점을 파고들며 뜨끈한 핏물이 전방을 가득 적셨다.

크아아아아아-!

마치 천둥소리 마냥 쩌렁쩌렁 울리는 비명소리가 하늘을 가득 채워나가며 심장을 자극했다.

피와 고통 그리고 비명의 절묘한 어울리며 흥분지수가 급격히 상승하며 재차 주먹을 불렀다.

콰콰콰콱!

연달아 주먹이 뻗어나가고, 재차 천둥과 같은 비명이 하늘 가득 메아리쳤다.

"크… 아쉽네."

천마는 지난 전투를 회상하며 괜히 입맛을 다셨다. 좀

더 즐기고 싶었기 때문이다.

'그만한 놈은 마계에서도 찾기가 어려운데.'

마왕이나 그들의 직속 그림자 정도쯤은 되어야 마주할 수 있는 수준이었다. 그래서 전투를 더욱 길게 이어가고자 했다.

"쌌으면 뒤를 닦아야 하는데. 쯧!"

결국, 마지막까지 갈 수가 없었다.

"명색이 로드라는 놈이 꽁무니를 뺄 줄이야."

아쉬움이 남았으나 이내 미련을 떨쳐냈다. 다음을 즐길 수 있다는 생각이 미련의 잔재를 털어내 준 것이다.

굴욕을 참고 도주한 만큼, 다음은 더욱 많은 준비를 하고 찾아올 거라 여겼다.

"그나저나… 이거 참."

난감한 얼굴로 발밑을 내려다보니, 하무람 왕국의 수도 사례비안의 모습이 눈에 들어왔다.

"너무 즐겨버렸나."

그와 라바운트의 전투로 인한 여파가 서대륙 전체로 퍼져나가며, 현재 서대륙은 크게 몸을 웅크린 형국이 되어있었다.

당장이라도 출전할 것 같던 하무람의 흥왕 역시도 위축된 모습을 보이고 있는 것이다.

그럴 만도 했다. 당시의 전투는 일반인들에게야 때 아닌

지진이요 천둥이겠으나, 일정 경지에 다다른 이들에게는 거대한 공포의 그림자요 두려움의 불씨였을 터였다.

그리고 흥왕 역시도 경지에 이른 강자였다. 한 국가의 군주이지만 뛰어난 기사이기도 한 것이다. 마스터에 이르지는 못했으나, 그 끝자락에 아슬아슬하니 발을 걸칠 정도의 실력은 됐다.

'뭐, 결국에는 움직이겠지.'

안타깝게도 바로 그 어중간한 실력 때문에 흥왕은 움직이게 될 것이다. 그의 전성기는 지금이 마지막이기 때문이었다.

타냐를 통해 들은 정보로는 그 위치에서 정체된 것이 벌써 십여년이 훌쩍 넘었다고 했다. 더는 멈춰있기 어려운 조급증이 일 터였다.

"대충 할 일은 끝났나."

아드로크 백작을 하수인으로 붙여두면서, 루디안은 새롭게 도약할 발판을 마련했다. 과거의 영광을 찾는 건 시간문제 일 터였다. 아직 흥왕의 압박이 있겠으나, 이 정도는 타냐 스스로 헤쳐 나가기에 무리 없는 수준이었다.

떠날 시기가 온 것이다.

굳이 '안녕' 이라는 말은 남기지 않았다. 타냐가 잠자리에 들었을 때, 그 길로 문을 열고서 길을 나섰다.

라바운트와의 전투로 인한 부상으로 몸이 제법 욱씬욱

씬 거렸다. 침 바르면 나을 거라는 농담 같은 생각을 한 적도 있으나, 무려 드래곤의 로드가 입힌 상처였다. 가벼운 상흔에도 로드의 권능이 묻어, 지속적인 고통을 자극해왔다.

때문에 좀 더 머물며 몸을 회복하는 것도 생각했었으나, 하필이면 이 순간에 흥미로운 얼굴을 발견해버렸다.

길을 나선 그의 발걸음에 잠시 가속이 붙는가 싶더니, 순식간에 수도를 벗어나 산길을 건너뛰었다. 아슬아슬하니 그의 감각에 닿아있던 그림자가 모습을 드러냈다.

왠지 모르게 추욱 처진 무기력한 뒷모습에 절로 눈 꼬리가 휘어지고, 입 꼬리가 말아 올라갔다.

'여전하네.'

그가 마지막으로 받아들였던 아홉 번째 마졸이 저 앞으로 걸어가고 있었다.

◈

제국 전역에 걸쳐서 병력를 모으는 분위기가 형성되고, 본격적으로 전쟁이 시작되었다는 게 피부로 실감되는 상황 속에서, 자연스레 제국민들의 분위기는 한층 무겁게 가라앉을 수밖에 없었다.

아직까지는 기존 병력들로써 전쟁을 이끌어나가는 분위

기였으나, 수시로 전해지는 전쟁지역의 소문들은 과거의 악몽을 새삼 떠오르게 만들고는 했다.

비록 지금은 제국민이라는 이름으로 한데 뭉쳐있다고는 하나, 상당수의 제국민들은 패전국의 백성들이었던 경우가 많았다.

당연하게도 제국전쟁의 공포에 몸서리를 쳤던 이들 역시도 많다는 의미였다.

자연스레 흉흉한 소문이 더욱 빠르고 뜨겁게 번져갈 수밖에 없는 상황이었다. 그 때문인지 제국전쟁의 위기에서 한 발 벗어나 있던 아루낙 마을 역시도 하루가 다르게 그 공기가 무겁게 내려앉고 있었다.

혹시라도 전방으로 끌려갈까, 고향을 벗어나는 상황이 올까 두려워하는 이들이 늘어나는 와중에, 유일하게 이곳을 떠나는 상황을 달가워하는 이가 있었으니, 반트가의 말괄량이 제니가 바로 그 주인공이었다.

"그렇게 좋냐?"

제튼의 물음에 제니가 이를 드러내며 웃어 보였다.

"당연하지. 드디어 오빠를 보러가는 건데."

그 말에 제튼이 눈살을 찌푸리며 중얼거렸다.

"저번에 듣기로는 내년까지 기다린다고 했던 것 같은데, 내가 잘 못 들은 거였으려나?"

"그러려고 했는데, 아카데미에서 나를 부르는데 어쩌겠

어. 이건 말 그대로 어쩔 수 없는 상황이니까."

"그래서 거기에 편승하시겠다?"

어깨를 으쓱이는 제니의 모습으로 답은 충분했다.

이곳 루마니언 지방 전체에서 첫 번째 합격자로 뽑힌 덕분에, 제니는 아카데미의 주목을 받게 되었다.

물론, 그녀 외에도 각 지역에서 첫 번째로 꼽힌 이들은 하나같이 주목을 받은 상황이었다. 이런 이들을 '수석'이라고 하여 아카데미로 불러 축하를 하려는 것이다.

거기에 더해 그들끼리 새로운 시험을 치른 뒤, 최고수석을 뽑는 과정도 치르려는 이유도 있었다.

전쟁으로 분위기가 뒤숭숭한 상황이건만 왜 이런 번거로운 일을 벌이는가 싶기도 하겠으나, 오히려 전쟁이기 때문에 이 같은 '행사'를 벌이는 것이었다.

'분위기 쇄신을 위한 의미겠지.'

사반트를 통해 대략적인 정보와 이유를 들었기에, 이번 행사의 취지를 바로 이해할 수 있었다.

제국의 상부와도 이야기를 나눈 계획적 행사였다. 갑작스런 전쟁으로 일부 가라앉은 사기조절을 위한 의도 역시도 포함된 것일 터였다.

물론, 제니는 이렇게 깊은 내용까지는 알지 못했다.

"네 엄마가 알면 가만 안 둘 텐데."

제튼의 걱정스런 이야기에 제니가 빙긋 웃으며 말했다.

"아빠가 있잖아. 저번처럼 잘 부탁해."

자연스레 구겨지는 제튼의 표정에 제니가 팔짱을 끼며 깜찍한 표정으로 애교를 부렸다.

"우웅~! 아빠만 믿을게."

겨우 셀린의 화를 가라앉혔건만 벌써부터 이런 사건이 발생한다면, 전보다 감당하기 어려운 태풍이 휘몰아칠 확률이 높았다.

"아 몰라. 몰라. 네가 알아서 해."

그러며 팔을 쏙 빼내지만 다시금 덥석 달라붙으며 애교를 떨어대는 통에 살살 마음이 녹아버린다. 점차 머리가 크면서 보기 힘들던 딸아이의 애교 연타가 터지니, 버티기가 쉽지 않았다.

"끄응…."

결국 앓는 소리를 내며 대답을 회피하는데, 제니는 오랜 경험을 통해 이걸로 충분하다는 걸 알고 있었다.

당연하게도 애교 연타는 거기서 끝이었다.

"아카데미에서도 호위 병력을 보내준다니까, 걱정할 필요 없다고 엄마한테 잘 설명해 줘. 게다가…."

제니가 제튼을 바라보며 눈을 빛냈다.

"아빠도 같이 간다고 하면 문제없을 거 아니야."

"…끄응."

사반트에게 정보를 듣고, 제니가 테룬 아카데미로 소식을 들으러 이동할 즈음, 대충 저 같은 이야기가 나올 거라고 짐작은 했었다. 하지만 막상 상황이 닥치고 나니 당혹스러운 마음을 감추기가 어려웠다.

지난 번, 한밤중에 갑작스레 그를 몸서리치게 만들었던 그 아찔한 느낌을 생각하노라면, 왠지 먼 길을 떠나는 게 꺼려졌던 까닭이었다.

착각한 거라고 생각하면서도 경계하게 되는 건 어쩔 수 없었다. 천마의 존재가 그만큼 크게 각인되어 있는 까닭이었다.

혹시나 하는 마음에 사반트에게 서대륙 방면의 정보를 준비하라고 시켜 놓은 상태였는데, 이 역시 불안감을 삼키기 위한 마음이 담겨 있었다.

"그건 좀 더 생각해 보자."

우선은 여기까지가 그가 할 수 있는 대답의 전부였다.

"그런데… 오빠는 괜찮을까?"

제니의 갑작스런 물음에 제튼이 의아한 얼굴로 돌아봤다.

"전방 지역은 이미 병력 소집을 한다고 하던데, 오빠도 전쟁터에 끌려가면 어쩌지?"

태연한 모습을 가장하고 있다고는 하나, 아직 성인식도 치르지 않은 소녀였다. 케빈의 실력을 믿는다고는 하나, 그럼에도 불구하고 감출 수 없는 불안감이라는 게 있었다.

'애초에… 이런 침착함도 연공법의 영향이겠지.'

아이답지 않은 평정심을 생각하자면 정순함에 기준을 둔 심법 덕분이라고 여겼다.

그런 면에서 보자면 셀린 역시도 이런 부분에서 제법 도움을 받았다는 생각이 들었다. 정식으로 연공법을 익힌 건 아니었으나, 잠자리에서 그녀 모르게 연공을 시킨 덕분에, 스스로는 알지 못하나 상당히 정순한 기운들이 그녀 내부를 유유히 흐르고 있었다.

제튼의 과거를 듣고 평정을 유지하는 부분에도 적잖은 도움이 되었을 터였다. 물론, 이 역시 그녀의 굳은 심지가 단단한 기반으로써 깔려 있었기에 가능한 일이기도 했다.

"별 일 없을 거다. 굳이 비유하자면 카이스테론 아카데미 학생들은 고급인력이라서, 제국에서도 막 굴리지는 않으니까. 적어도 병력충원에 바로 끌려가는 일은 없을 걸."

"그렇지. 게다가 케빈 오빠처럼 대단한 인재는 더 아끼겠지?"

"그래. 그런데… 어째 메리에 대한 이야기는 한 번이 없다?"

"헤헷… 그랬나?"

어색하니 웃는 제니의 모습에 잠시 실소하던 제튼이 일순 딱딱한 얼굴이 되는가 싶더니, 제니를 향해 말을 건

173

넸다.

"잠깐만 여기서 기다리고 있을래? 아빠가 속이 안 좋아서 잠깐 볼일 좀 보고 와야겠다."

"표정 보니까. 큰 거?"

"끄응… 그래."

"거사 잘 치르고 와."

딸아이의 농지거리에 고개를 절레절레 흔든 제튼이 아카데미 한편으로 후다닥 달려갔다.

그렇게 제니가 시야에서 사라지기 무섭게, 제튼의 시야를 채우는 새로운 그림자가 있었다.

"오셨습니까. 벨로아 영감님."

반갑다면 반가운 얼굴이었으나 제튼은 그를 온전히 반기기가 어려웠다.

왠지 그의 등장에서 불길한 소식을 예감한 까닭이었다. 이는 따로 생각할 필요도 없이, 벨로아의 표정만 봐도 충분히 짐작이 가능한 부분이기도 했다.

"로드께서 수면기에 드셨다."

대뜸, 인사말도 없이 내뱉는 벨로아의 이야기에 제튼의 표정이 살짝 굳어졌다.

"잠자리에 들기 전에 그분께서 네게 전하라 하신 말씀이 있다."

어째서인지 이 다음에 나올 이야기를 알 것만 같았다.

"천마를 조심하라고 하더구나."

그 순간 제튼의 두 눈이 질끈 감겼다.

'역시….'

예상했던 그대로의 내용에 가슴이 답답해졌다.

기나긴 침묵 끝에 제튼의 눈이 뜨이고 입이 열렸다.

"로드의 수면은… 천마 때문입니까?"

혹시나 하는 마음에 물었다. 이에 벨로아가 잠시간 주저하는가 싶더니 이내 고개를 끄덕이며 답했다.

"우리 일족은 감당하기 어려운 부상을 입었을 때, 강제적으로 수면 상태에 빠져들게 된다네."

수면기라 불리는 이 행위로 인해, 자연 치유력이 급속도로 올라가는 효과가 있기 때문이었다.

"자네 말처럼, 천마 그자는 괴물이 맞더군."

무려 그들 일족의 로드를 강제 수면기에 빠트렸을 정도니, 괴물이라는 말로도 부족할 정도였다.

"하지만… 로드께서 온전하신 상태이셨다면, 결과가 어찌 나왔을지는 몰랐을 거네."

이는 그들 일족의 자존심에서 하는 이야기가 아닌, 실질적 사실에 근거를 두고 하는 이야기였다.

"라바운트님에게 무슨 문제라도 있으셨습니까?"

당연하게 이어지는 제튼의 의문에 벨로아가 고개를 끄

덕이며 말했다.

"나 때문이지."

이건 또 무슨 소리일까? 의아한 마음에 조용히 귀를 기
울였다.

"후계를 위해 로드의 권능을 내게 물려준 탓에, 그분은
로드로써 완전하지 못하셨네."

때문에 천마와의 전투에서 제대로 힘을 쓰지 못한 것
이고, 또한 그 이유로 인해 등을 보이고 달아난 것이기도
했다.

로드의 권능을 온전히 물려주지 않은 지금, 그가 생을
다한다면 새로운 로드의 탄생은 더욱 오랜 시간이 걸릴 것
이기 때문이었다.

전대 로드가 권능을 안고 죽음에 이르면, 신임 로드는
새로이 권능을 부여받아야 하고, 이는 신탁에 이르러 이뤄
지는 하나의 거대한 행사가 될 수밖에 없었다.

전 일족이 한 자리에 모여야 하는데, 이는 틈새의 일족
역시도 포함되는 이야기였다.

지금과 같은 혼란의 시대에 이 같은 복잡한 절차를 행하
기란 쉽지가 않았다.

물론, 신탁이 아니더라도 시간이 흐른다면, 자연스레 흩
어졌던 권능이 벨로아에게로 향했을 것이다. 하지만 이는
더욱더 많은 시간을 필요로 하는 일이었고, 지금 시대의

흐름으로써는 당연히 선택해서는 안 될 방향이었다.

"자네에게는 두 가지 이유로 찾아왔다네."

하나는 앞서 이야기한 로드의 전언이었다.

"그리고 다른 하나는 정식으로 인사를 하기 위해서 온 거라네."

"인사라고 하시면."

"이제는 나도 제자리로 돌아갈 때가 온 게지."

"혹시… 계승이 끝난 겁니까?"

제튼의 물음에 벨로아가 고개를 끄덕이며 답했다.

"라바운트님께서 수면기에 들기 전에 마지막 권능을 전부 물려주셨다네."

이로써 벨로아는 일족의 새로운 로드가 되었다. 각 일족의 장로들이 모인 자리에서 그의 권능을 내보이고, 정식으로 지위를 인정받으면 모든 절차가 끝나는 것이다.

"아마도 한동안은 밖으로 나다닐 틈도 없을 것 같군."

쓰게 웃으며 거기까지 이야기하던 벨로아가 이내 자신의 뒤편으로 시선을 보냈다. 그들과 조금의 거리를 두고 웬 로브인이 서 있었는데, 제튼은 한 눈에 벨로아와 같은 일족임을 알아봤다.

"이 아이가 한동안 자네 곁을 지키게 될 걸세."

그러며 손짓하자 로브인이 다가오며 얼굴을 드러냈다.

"푸른 바다 일족의 아이라네."

이내 드러난 로브인의 모습이 실로 놀라웠다. 호리호리한 외형에서 이미 여성이라는 짐작은 하고 있었건만, 그 눈부신 미모까지는 생각지 못한 것이다.

'이 정도면… 동네가 뒤집어지겠네.'

걱정스런 얼굴로 주변을 살폈으나, 의외로 그들에게 관심을 기울이는 사람들은 없었다. 대번에 마법으로 인한 상황이라는 걸 알 수 있었다.

"처음 뵙겠습니다. '마티나 에게이리나' 라고 합니다."

그러며 짧게 고개를 숙여 보이는데, 상당히 사무적인 그 태도에서 묘한 반감이 느껴졌다.

"아직 혈기가 왕성한 나이라서, 자네를 좀 귀찮게 할지도 모르겠군."

벨로아의 이야기가 제튼의 눈살이 절로 찌푸려졌다.

"자네야 문제없겠지만, 자네 주변 사람들을 생각해서라도 한동안 곁을 허락해 주게나."

만에 하나 등장할지도 모를 천마의 대비책이며, 동시에 연락책이기도 했다. 이미 라바운트를 통해 천마의 위험성을 경험한 벨로아였다.

권능의 전이를 통해 일부 기억의 전이도 이뤄진 까닭에, 천마의 능력을 생생히 경험할 수 있었다.

그 때문에 천마를 경계하는 마음이 강했고, 이를 방비하고자 제튼의 주변에 마티나를 붙여 둔 것이었다.

이런 자세한 세부사항까지는 몰랐으나, 제튼에게도 나쁘진 않은 제안이기에 결국 고개를 끄덕이며 허락할 수밖에 없었다.

　문득, 저 멀리서 투덜거리고 있는 제니의 목소리가 들려왔다.

　〈무슨 볼일을 이렇게 오래 보는 거야.〉

　그리고 이내 마티나에게로 시선이 향했다. 그녀의 존재가 있다면, 조금쯤은 안심할 수 있지 않을까하는 마음이 든 까닭이었다.

　"그럼, 이만 가 보겠네."

　짧은 만남을 끝으로 떠나려는 벨로아의 모습에, 제튼이 아쉬움이 남는다는 표정으로 말했다.

　"건강하십시오."

　"허헛! 영영 못 볼 것처럼 이야기 하는군. 급한 일만 정리하면 틈틈이 얼굴을 비칠 생각이라네. 특히나 여기 하르만 식당만큼 싸고 맛 좋은 식당은 드물거든."

　가벼운 농지거리에 제튼이 실소했다. 그리고 이내 짧은 눈인사 끝에 벨로아의 모습이 그곳에서 자취를 감췄다.

　전설로 여겨지는 공간이동 마법이었으나, 여전히 주변의 이목이 집중되는 일은 없었다.

　벨로아가 떠난 자리를 잠시간 응시하던 제튼이 이내 마티나에게로 시선을 돌리며 물었다.

"어찌… 하시겠습니까?"

함께 행동하겠냐는 의미로 묻는 것이었는데, 마티나의
대답이 의외였다.

"하르만이 어디에 있습니까?"

"갑자기 거기는 무슨 일로…?"

"맛 좀 보려고 합니다. 라바운트님과 벨로아님의 칭찬
이 자자한 만큼 기대해도 되겠지요."

지금 이 순간, 갑작스레 드는 한 줄기 불안감이 있었다.

하르만 식당!

혹시 그곳이 드래곤들의 단골집으로 자리 잡는 건 아닐
까?

◈

음머어어어어…

앞서 지나온 마을에서 구입한 황소 '누렁이'가 시원
하게 울어대며 목청 좋음을 알려왔다. 수레에 앉아 꾸벅
꾸벅 졸던 청년이 그 요란한 울음소리에 잠시 눈살을 찌
푸렸으나, 이내 문제없다는 듯 다시금 눈꺼풀을 내리눌
렀다.

누렁이가 어디로 갈 줄 알고 이런 행태를 보이나 싶겠으
나, 한쪽으로 뻥 뚫린 길을 보고 있노라면, 이 황당한 태도

의 이유가 조금은 보이는 듯도 했다.

다행히도 누렁이는 길을 벗어나지 않았고, 청년은 편안하게 수면욕을 해결할 수 있었다.

그렇게 아무 문제도 없는 여정이 한참 이어지고 있을 즈음이었다.

"음?"

돌연 청년의 눈이 번쩍 뜨이더니, 급히 손을 뻗는 게 보였다.

파아아앙!

동시에 허공이 터져나가며 짜릿한 통증이 손끝을 타고 올라왔다.

"크으으윽!"

눈살이 절로 찌푸려졌다. 고통으로 인한 것이기도 했으나, 그것보다 앞선 이유가 따로 있었다.

"내 전재산을 노리다니. 감히!"

편한 여정을 위해 남은 여비를 탈탈 털어서 구입한 귀한 누렁이었다. 그런 누렁이의 머리를 향해 이런 날카로운 기운을 날린 상대에게 분노가 일어난 것이다.

급히 상대를 확인하려 시선을 돌리니, 저 뒤편으로 웬 흑발의 사내가 웃으며 다가오는 게 보였다.

'으음⋯.'

시선을 마주하는 순간 오싹한 전율이 등 뒤를 타고 흘

렀다.

'강하다!'

분명 겉으로 느껴지는 기세가 대단한 건 아니었다. 하지만 마주한 시선을 통해 본능적으로 상대의 강함을 느껴버렸다.

경지에 오른 그로 하여금 짙은 긴장감을 새겨 넣을 정도의 강자였다.

얼핏 두렵다는 감정마저 솟아나는 순간, 흑발사내의 주먹이 뻗어오는 게 보였다.

"젠장!"

피로에 잠겨있던 동공에 불이 들어왔다. 날아드는 매서운 기세를 느낀 까닭이었다. 급히 짐칸에 실린 검을 뽑아들며 뒤편으로 몸을 날려야만 했다.

콰아아앙!

폭발성이 울리는가 싶더니 청년의 신형이 뒤로 쭈욱 밀려났다. 겨우겨우 짐칸에 발을 디디고 선 청년이 흑발사내를 향해 외쳐 물었다.

"누구냐?"

이에 흑발사내가 전방으로 신형을 내던지며 말했다.

"누굴까?"

그러면서 비치는 표정에 웃음기가 가득해 괜히 기분이 나빠졌다. 피로감에 추욱 처져있던 어깨에 힘이 들어가고,

전신에 기력이 차오르며 검 끝이 살아났다.

상대가 대답할 기색이 없어 보이기에 검으로 답을 들으려는 것이다.

이에 흑발사내가 입 꼬리를 말아 올렸다.

'그래. 얼마나 늘었는지 좀 볼까.'

곧이어 그들이 거리가 좁혀들고, 둘의 기세가 마주했다.

파팍. 파파파팡!

선공은 청년으로부터 시작됐다. 검의 길이를 이용해 먼저 공격을 하며 들어가는데, 흑발사내는 그 날카로운 검격을 손바닥으로 쳐내거나 흘려보내며, 착실히 거리를 좁혀나갔다.

'미친!'

너무도 수월하게 자신의 공격이 와해되는 모습에, 청년은 욕짓거리가 솟구치는 걸 느꼈다. 동시에 상대의 강함이 느꼈던 것 이상이라는 것도 깨달았다. 가벼운 동작들 속에 담긴 심오한 기예를 엿본 것이다.

'젠장!'

재차 욕짓거리가 솟구치는 순간, 흑발사내가 간격을 넘어 그의 품으로 파고드는 게 보였다.

빠악!

아찔한 타격음과 함께, 일순간 정신이 하늘 높이 날아갔다. 기나긴 부유감을 느끼다 등 뒤로 짜릿한 통증을 느낀 뒤에야 정신이 번쩍 들었다.

자신이 한참이나 땅바닥을 뒹굴었다는 걸 깨달으며, 급히 몸을 일으키며 다가올 공세에 대한 방어태세를 취하는데, 의외로 이어지는 공격이 없었다. 의아해서 시선을 던져보니, 저 앞에서 흑발사내가 이를 드러내며 웃고 있는게 아닌가.

"네놈 성격에 얼마나 발전하겠나 싶었더니. 그래도 별자리 정도는 보고 있구나."

그러더니 대뜸 이상한 소리를 내뱉고 있었다.

"무슨 뜻이지?"

때문에 이를 악물며 이리 외쳐 물으니, 흑발사내가 내뱉은 이야기가 충격적이었다.

"오랜만이다. 무기력자야."

순간, 어째서인지 머릿속에 이상한 이미지가 지나갔다. 깜짝 놀라서 눈앞의 흑발사내를 유심히 바라봤고, 이내 안도의 한숨을 내쉴 수 있었다.

'착각할 뻔 봤네.'

검은 머리와 눈동자 말고는 전혀 다른 사람이었다. 체구역시도 '그'와 차이가 있었다. 눈앞의 흑발사내가 체격 면에서는 오히려 더 크다는 느낌이 들었다.

"충분히 별자리 너머로 갈 수 있을 텐데도, 게으른 성격때문에 고 자리에서 만족하고 있는 것도 네놈답다. 큭큭큭!"

이번에는 환청이 귓전을 파고들었다.

〈큭큭큭!〉

상상만으로도 아찔한 '그'의 웃음소리가 메아리치는 것
같았다. 절로 미간에 주름살이 새겨졌다. 왜 이리 불쾌한
기억과 흔적들이 깨어나는 것이란 말인가.

"설마…."

말도 안 된다고 생각하면서도, 이미 입안에서는 그 이름
을 꺼내들고 있었다.

"브라만?"

의문 혹은 의심이 가득 섞인 그의 한 마디에 흑발사내가
시선을 집중시키며 하얗게 웃었다.

"아니…지?"

부정하며 고개를 흔드는 그에게 흑발사내가 불쑥 인사
말을 건네 왔다.

"오랜만이다. 게으른 놈팡이 놈아."

또 다시 환청이 귓전을 때렸다.

〈게으른 놈팡아.〉

잊고 있었던 '그'의 음성이 바로 코앞에서 듣는 것 마
냥, 선명하게 귀속에서 울리고 있었다.

불안감이 점차 현실로 다가오는 기분이었다.

그야말로 일진일퇴의 공방이었다. 자연스레 전쟁의 중심은 일정 지역을 벗어나지 못한 채, 치열한 소모전만이 이어질 뿐이었다.

프루체른 공작은 전장의 상황을 수시로 보고받으며, 새삼 제국의 저력에 감탄해야만 했다.

하지만 실망스런 결과만 있는 건 아니었다. 작게나마 전진이 이뤄지고 있기 때문이었는데, 이는 저들 제국의 방비가 연합 왕국의 치열함에 못 미친 까닭이었다.

'애초에 국경지대와 주변의 수비력만으로 막으려 든 것 자체가 무리지.'

입 꼬리를 말아 올린 프루체른 공작은 또 다른 보고서에 시선을 두다 눈살을 찌푸려야만 했다.

"방랑 사제."

그와 관련된 내용이 적힌 보고서였는데, 사제단 중에서 유일하게 신성력 발현을 보인 적이 없다는 내용이 적혀있었다.

성국 측에서 그를 어찌 생각하고 있는지 잘 알기에, 그를 어떻게 대해야 하는지 역시도 잘 알았다.

'우리 손으로 처리해주기를 바라는 거겠지.'

이러한 의도를 알면서도 받아들인 건, 마르한의 뛰어난

능력 역시도 알기 때문이었다. 헌데, 그 능력을 전혀 드러내지 않고 있으니, 그를 무리해서 품고 있을 이유가 없어졌다.

당장 처리를 하면 될 것이나, 이게 또 쉽지가 않았다. 그가 지닌 치유술이 생각 이상으로 뛰어나다는 내용이 적힌 것이다.

성직자로써의 능력이 아니더라도, 그 뛰어난 치유술은 충분히 '능력' 으로 분류될 만하다고 할 수 있었다.

때문에 그의 처분에 고민을 하게 되는 것이다. 잠시간의 고민 끝에 보고서를 한편으로 밀어 놨다.

'좀 더 두고 보도록 할까.'

듣자하니 그들 연합왕국 측의 치료사들이 마르한의 치유술을 틈틈이 훔쳐 배우고, 얻어 배우며 공부를 하고 있다고 했다.

많은 걸 배우기는 어렵겠으나, 이를 통해서 작은 발전이나마 있다면, 충분히 득이 될 거라 여겼다.

과거, 제국전쟁을 통해 실질적으로 전쟁 중에 득이 되는 건, 소수의 성직자가 아닌 다수의 치료사라는 걸 경험한 까닭이었다.

'우려먹을 만큼 우려먹은 뒤에 처리해도 문제될 건 없겠지.'

이내 새로운 보고서로 시선을 돌렸고, 또 다시 눈살을

찌푸려야만 했다. 이번 서류는 것은 공작가의 것이 아닌, 다른 세력에서부터 전달되어온 것이기 때문이었다.

'그레이브.'

가면사내의 모습이 머릿속에 잠시간 떠올랐다.

"흐음… 별동대라."

그 안에는 그레이브의 정예들로 이뤄진 별도 단체를 인정해 달라는 내용이 적혀있었다.

이미 약조한 바에 따라서 저들을 인정하고 하나의 세력으로써, 그들 연합왕국의 동반자로 인정했다. 하지만 말이 인정이지 실질적으로는 한 수 아래로 보고 있는 건 사실이었다.

그러나 또한 경계하는 마음 역시도 잔뜩 지니고 있기도 했다.

'만만한 놈들이 아니니까!'

한 차례 저들의 힘을 경험한 적이 있기에, 저들을 향한 경계심을 더욱 단단히 하게 된 것이다.

때문에 이번 별동대에 대한 내용에 머리가 아픈 것이다.

'무슨 짓을 하려는 거냐?'

여러 차례 이야기를 나눈 적 있던 가면사내를 떠올리자면, 확실히 쉽지 않은 상황으로 이어질 수도 있었다.

물론, 소수의 힘으로 무얼 얼마나 할 수 있겠냐 싶은 마음도 들었으나, 과거 제국전쟁을 경험한 바 있기에, 소수의 힘을 무시하기도 어려웠다.

브라만 대공은 백여명이라는 소수의 전력으로 한 개 성을 무너트리기까지 했었다. 당연히 경계심이 강화될 수밖에 없었다.

그렇다고 이 안건을 무시하자니, 몬스터들과 닿아있다는 점 때문에 선뜻 발을 빼기도 쉽지가 않았다.

연합왕국의 저력이 대단하다고는 하나, 몬스터들의 힘을 업지 않고서는 제국을 상대하기가 어렵다는 걸 알기 때문이었다.

"쯧!"

골치 아픈 내용에 절로 눈살이 찌푸려졌다.

그리고 이 같은 상황은 다른 연합 세력에서도 동일하게 발생하고 있었다.

◈

챠렌 백작은 루만 왕국의 원정군 중 제 3군단을 이끌고 있는 군단장으로써, 루만 왕국을 대표하는 명장 중 한명이었다.

그가 이런 명성을 쌓게 된 건, 과거 제국전쟁 당시에 브라만 대공에게 짧게나마 인정을 받았던 경험 때문이었는데,

이를 통해서 루만 왕국의 방패라는 칭호를 얻었던 시절도 있을 정도였다.

지금은 그 자리를 물려준 상태였는데, 이는 그의 나이가 어느새 60을 넘어 70을 바라보고 있는 까닭이었다.

노쇠한 육신에 과분한 칭호라며 스스로 물린 것이다. 원래라면 은퇴를 한 뒤, 마지막을 준비해야 할 시기였으나, 국왕의 갑작스런 부탁으로 인하여 다시금 전장에 서야만 했다.

사실, 챠렌 백작은 아무리 국왕의 부탁일지언정 다시금 전장에 설 생각이 없었다. 하지만 그 전장의 목적지가 제국이라는 소리를 듣고는 다시금 칼을 뽑아들었다.

끝내지 못한 전쟁!

과거, 브라만 대공과의 전투에 그가 품고 있는 감정이었다. 갑작스레 제국의 진군이 멈추며 전쟁 역시도 찜찜하게 끝은 맺은 까닭이었다. 때문에 이를 마무리하고자 전장에 선 것이다.

하지만 섣불리 전투를 행하려고 하지는 않았다. 하루에도 수차례씩 제국과 전투를 치루는 다른 연합 왕국이나 타 군단과 달리, 그의 루만 3군단은 최대한 전투를 자제하며 움직여 왔다.

그리고 이런 그의 태도에 3군단 내에서도 조금씩 불만의 목소리가 쌓이기 시작했는데, 이는 전장에서 공적을 쌓고자 하는 이들의 욕망이 일렁이는 소리였다.

챠렌 백작의 보좌관인 세틴 남작 역시도 이러한 이들 중 한명이었다. 그 역시 하루하루 불만을 쌓아왔고, 결국 참지 못하고 터트리는 상황까지 이르렀다.

"언제까지 지켜만 보실 생각이십니까?"

애써 목소리를 낮추고 있었으나, 그 안에 담긴 떨림이나 표정의 변화가 감정의 상태를 여실히 말해주고 있었다.

이에 챠렌 백작이 쓰게 웃으며 지도를 가리켰다.

"자네는 이곳 레세탄 성에 대해서 얼마나 알고 있나?"

세틴 남작의 미간에 옅은 주름이 새겨졌다.

"험한 산세를 아래로 끼고 있어 수성에 용이하다는 점은 알고 있습니다. 그 때문에 주저하고 계시다는 것도 잘 압니다."

이에 챠렌 백작이 고개를 흔들며 말했다.

"그렇지. 하지만 내가 아는 것과는 다르군."

무슨 이야기를 하려는 것일까?

"젊은 시절에 이 근방을 지났던 적이 있지. 그리고 기억 속의 레세탄 성은… 이 근방은 분명 평야였네."

세틴 남작의 미간에 한층 굵은 주름이 잡혔다.

"무슨 소리를 하시는 겁니까. 이렇게 산세가 험한…"

"평야였네."

챠렌 백작은 무어라 반론을 주장하려는 세틴 남작의 말

을 빠르게 끊어냈다. 그러며 재차 강조하며 지도를 가리켰다.

"여기서부터 여기까지… 전부 평야였네."

그가 가리킨 부분을 통틀어 보자면 레세탄 성뿐만 아니라, 주변의 산맥까지 전부 포함되어 있었다.

"이곳이 워낙 외진 곳이라, 당시에도 지도에는 그리 자주 표시될 일이 없었지만, 그래도 아는 사람은 다 알지. 여기가 그저 평야였다는 걸."

그 순간 세틴 남작의 머릿속에 떠오르는 내용이 있었다.

'그러고 보니….'

레세탄 성과 관련된 보고서 중, 저와 비슷한 내용을 봤던 기억이 있었다. 이미 지도를 숙지하고 있던 탓에 우스갯소리로 여겼는데, 어쩌면 그게 아닐지도 모른다는 생각이 들었다.

'하지만… 어떻게?'

저 거대한 규모에 걸쳐 산을 쌓았단 말인가.

"내가 주저한다고 생각하나? 맞네. 나는 주저하고 있지."

무엇이 그를 주저하게 만든단 말인가.

"저 거대한 산에 얼마나 무시무시한 내용물이 담겨 있는지가 두렵네. 저 거짓된 산맥이 어떻게 완성된 줄 자네는 아나?"

갑작스런 질문에 세틴 남작이 대답을 하지 못할 때, 챠
렌 백작이 웃으며 말했다.

"보고서를 제대로 안 읽었거나, 우스갯소리를 넘겼나
보군."

"그럼… 설마?"

"맞네. 그 이야기 그대로일세. 1년 만에 저만한 규모의
험한 산세와 성이 완성됐다. 규모만 놓고 보자면 자그마한
산맥이 이어졌다고 해도 과언이 아니야."

"어찌 그럴 수가 있단 말입니까?"

"나도 모르네. 단지, 이종족들의 도움을 받았다는 소문
이 떠돌았었지."

"그래도… 이건, 말이 안 됩니다."

이에 챠렌 백작이 쓰게 웃으며 물었다.

"말이 안 되나?"

"예."

"그게 브라만 대공일세. 그는 원체 말이 안 되는 사내거
든."

그러며 재차 지도를 가리킨다.

"나는 제국의 국경지역 중, 이곳 레세탄 성을 세 손에 꼽
는 주요지역이라고 생각하네."

때문에 더욱 많은 고민을 하고 고심을 하며 고집을 부리
고 있는 것이다.

"공을 쌓고 싶은가?"

챠렌 백작의 물음에 세틴 남작이 조심스레 고개를 숙였다.

"…예."

정직한 그의 대답한 챠렌 백작이 웃으며 말했다.

"그렇다면 조금만 더 내 고집을 따라주게. 그리고 기왕이면 살아서 값어치를 누리게나."

그러기 위한 침묵의 시간이었다.

정확히 보름 뒤, 레세탄 성을 향한 대대적 공세가 있었고, 사흘의 격전 끝에 루만 왕국의 깃발이 그곳에 새로이 펼쳐졌다.

※

상황이 상황인 만큼 자연스레 정보를 수집하게 되었는데, 그 와중에 새로이 들어온 보고가 실로 놀라웠다.

'챠렌 백작이라.'

의외라고 해야 할까?

'은퇴한 줄 알았는데.'

기억할만한 명장이었는데, 그 이유는 의외로 간단했다.

'천마가 인정했을 정도니까.'

이런 이유로 인해 제튼도 기억할 수밖에 없는 것이다.

'레세탄 성이 함락됐다라….'

이 역시도 인상적으로 남아있는 기억이었다. 모를 수가 없는 게, 천마가 벌인 '놀이' 중에서도 유난히 스케일이 컸던 것으로써, 거대한 평야에 흙을 쌓아 산을 세웠던 경이로운 놀이였다.

'흙장난으로 시작해서 산을 만들었으니.'

정령이라 불리는 힘을 얻고는 그 힘을 한계치까지 시험해본다며 세운 산이었다.

〈흙만 쌓아놨더니 너무 밋밋한데.〉

이런 이유로 나무를 심고 성을 지었다. 말 그대로 즉흥적인 행동으로써, 일종의 장난이며 놀이였던 것이다.

하지만 그렇게 완성된 성은 결코 장난으로 치부할 수 없었다.

'함락하기가 쉽지 않았을 텐데.'

과연, 챠렌 백작이라는 생각이 들었다. 하지만 이런 공을 세우고서도 챠렌 백작의 명성은 크게 부각되지 않았다.

이는 그의 침공 시기 때문이었다. 레세탄 성 주변의 국경선이 반보가량 밀리고, 전체적인 구도가 레세탄 성이 연합 왕국의 점령지역에 둘러쌓이며, 고립될 수 있는 위기 상황에 이르렀을 즈음, 그 늦은 시기가 되어서야 움직인 까닭이었다.

'주변 분위기를 이용한 건가.'

물론, 그 외에도 오랜 시간을 들여 성 주변을 살피고 다양한 루트를 검색하는 등, 다양한 작전을 구상하기도 했을 것이다.

비록 주변 세력에 비해 크게 부각되는 면은 없었으나, 사반트가 보내온 정보에 따르자면, 저들 루만 왕국의 제 3군단의 피해가 가장 적다는 걸 알 수 있었다.

'대단하군.'

그 대상이 레세탄 성이었다는 걸 알기에 더욱 감탄이 일었다. 특히, 산 밑으로 깔아놓은 기관을 생각하니, 절로 박수가 나올 정도였다.

〈눈이 좋아.〉

과거, 천마가 했던 이야기가 떠올랐다.

'흐름을 읽을 줄 안다고 했었지.'

어쩌면 그 좋은 눈으로 산세를 읽었을지도 모른다. 그 흐름에 따라서 기관들이 설치되어 있는 까닭에, 이를 파악하기만 한다면 최소한의 피해로 레세탄 성에 다다를 수 있기 때문이었다.

"아빠? 무슨 생각을 그렇게 해?"

문득 들려온 음성에 시선이 돌아갔다. 딸아이 제니의 모습이 보였다. 이에 제튼이 언뜻 심각해졌던 표정을 지우며 얼굴 가득 미소를 그린 채 물었다.

"구경은 다 했어?"

"어. 영주님의 성도 대단하다고 생각했었는데, 여기에 비교하니까 정말로 우리 동네는 시골이었나 봐."

그리 말하는 제니의 시선에는 수도 크라베스카의 풍경이 가득 담겨있었다.

현재, 그들은 카이스테론 아카데미의 행사에 참여하고자 수도에 올라와 있는 상태였다.

이에 대해서 셀린의 반대가 심할 거라는 생각을 했었으나, 의외로 셀린은 제니의 수도행을 흔쾌히 허락했다.

〈다녀오렴.〉

단, 추가사항이 하나 붙어야만 했다.

〈나도 같이 갈 거란다.〉

당연하게도 제튼도 여기에 포함이었다. 문득, 제니의 시선이 생각이상으로 반짝거린다는 게 느껴졌다.

건축 예술이라 불리는 수도 크라베스카의 풍경을 봤기 때문일까? 그런 이유도 있겠으나, 제니의 시선에 불이 들어온 건 다른 이유가 더 컸다.

반나절만의 수도행!

바로 이 말도 안 되는 이동속도로 인한 것이었다.

〈언제까지 숨기기만 할 거야. 그 비밀이 너무 커서 부담되는 건 알아. 하지만 가족에게까지 숨기려고 하지는 마.〉

197

과거를 듣고 난 뒤, 셀린은 이 같은 이야기를 꺼내며, 이번 수도행을 통해서도 작게나마 그 능력을 내비치라고 했었다.

그러면서 이야기하기를,

〈부모님께도 감추려고만 하지 말고.〉

이후, 약간의 주저함 뒤에 내뱉은 이야기가 고맙고 미안했다.

〈당신들의 손자가 있는데도, 평생 그 존재도 모르시게 할 생각이야? 그분들도 아셔야지.〉

때문에 한참을 고민했고, 이렇게 자그마한 비밀 하나를 제니에게 내비치게 된 것이었다.

이미 그의 능력이 대단하다는 걸 알고 있던 제니로써도, 상상을 한참이나 웃도는 능력으로 인해 두 눈 가득 불을 킬 수밖에 없었다.

모르긴 몰라도 딸아이는 한동안 부친의 정체에 대해 심도 깊은 고민을 하며 진실을 찾아갈 것이다.

셀린이 그러했듯, 제니 역시도 고민 끝에 몇 가지 대담한 추측을 내릴 것이고, 아마도 그 때가 일부나마 진실을 밝힐 시기가 될 터였다.

제튼에게 직접 물어도 될 것이나, 과거를 숨기고자 하는 그의 태도를 알기에 애써 질문을 참고 있는 것이었다.

하지만 그 눈빛만은 숨기지 못하는지, 부담스런 딸아이

의 시선이 쉴 새 없이 꽂혀들고 있었다.

"남의 남자를 왜 그렇게 쳐다봐. 혼나려고."

문득 들려온 음성이 딸아이의 뜨거운 시선을 회수해갔다.

"엄마."

아카데미에 서류를 접수하러 갔던 셀린이 돌아온 것이다.

"금방 끝났네?"

제니의 물음에 셀린이 고개를 끄덕이며 말했다.

"우리가 가장 늦게 왔으니까."

다른 아이들은 이미 이틀 전에 도착한 상태였다. 그들 일행이 가장 늦게 온 것으로써, 딱 행사일정 접수의 마지막 날에 도착한 상태였다.

"기다리면 안내원이 올 거야."

아카데미 측에서 그들 가족에게 별도로 숙식할 공간을 제공하기로 되어 있었는데, 이는 그들뿐만 아니라 이번에 행사에 참여할 학생들 전부에게 해당되는 부분이었다.

잠시 아카데미 정문 앞에서 기다리고 있으니, 안내원으로 보이는 여인이 다가오는 게 보였다.

"행사기간 동안 여러분의 안내를 책임질 '바네' 라고 합니다."

자신을 그리 소개한 여인은 이내 그들과 함께 아카데미 내부로 향했다.

행사 참여자들을 위한 숙식공간은 아카데미 내에서 손님

들을 위해 준비되어 있는 기숙사였는데, 일반적인 기숙사와는 달리 넓은 방의 규모에 적잖게 놀라야만 했다.

"가족분들을 위해 특별히 제작된 곳이라서, 생활공간으로도 충분하게 지어졌습니다."

바네의 설명대로 기숙사라고하기 보다는 일반 가정집을 연상시킬 정도의 크기였다.

"여기 주요 일정표를 제외하고는 대부분의 시간이 자유시간이며, 안내록에 체크된 장소에는 들어갈 수 없습니다. 그리고 여기 통행증입니다."

이것저것 아카데미 생활 중에 필요한 물건들과 설명을 간략히 끝낸 뒤에야 바네는 방을 나섰다. 이제 막 도착한 그들이 여독을 풀 수 있도록 배려한 것이었는데, 안타깝게도 제튼 가족에게는 여독이라 할 만한 게 전혀 없었다.

"아빠. 돌아가는 길도 올 때처럼 양탄자를 타고 날아갈 거야?"

바네가 사라지기가 무섭게 물어오는 제니의 물음에 제튼이 쓰게 웃으며 고개를 끄덕였다.

아무래도 셀린 혼자만 데리고 오는 게 아닌데다가, 조금이나마 여행의 기분을 느끼게 하고 싶어서 나름대로 준비를 했는데, 그게 바로 양탄자였다. 창고에 굴러다니는 대형 양탄자를 공중에 띄워 탈것으로 이용한 덕분에, 제니에게는 더욱 인상적인 여행이 될 수 있었다.

고개를 끄덕이는 제튼의 모습에 제니가 재차 질문을 던졌다.

"그런데 양탄자는 어디에 있어?"

그 거대한 게 감쪽같이 사라져버렸다. 의문은 당연했다.

"따로 관리실에 맡겨놨지."

말은 이렇게 하나 아카데미 내에 따로 물품을 보관하는 장소는 없었다.

'그렇다고 아공간에 넣어놨다고 할 수는 없잖아.'

공간계열 마법은 하나같이 전설이라고 불리는 것들로써, 이 중 하나가 제튼의 품에 있다는 걸 알리기가 껄끄러워 숨긴 것이다.

이는 벨로아가 선물로 건넨 것으로써, 이 안에는 이번 여정에 필요한 물품들이 한 가득 들어있었다.

"그보다 곧 수업들이 끝날 시간인 것 같은데."

가만히 놔뒀다가는 이야기가 복잡해질 수도 있다는 생각에 급히 화제를 전환했다. 그러자 제니가 눈을 동그랗게 뜨다가 창밖으로 시선을 보내는데, 아니나 다를까 해가 뉘엿뉘엿 저물어가고 있는 게 아닌가.

제튼의 놀라운 능력으로 잠시간 잊고 있던 케빈이 떠오른 것이다.

준비를 해야 된다는 외침과 함께 제니가 바삐 움직였고, 셀린은 그 뒷모습을 바라보다 제튼에게 물었다.

"우리도 준비를 해야죠."

그 말에 제튼이 고개를 끄덕이며 아공간에서 그들의 짐을 꺼냈다. 이에 셀린이 신기하다는 듯 제튼을 바라봤다.

제니와 달리 그녀는 이미 들어서 알고 있었으나, 그럼에도 불구하고 신기한 건 어쩔 수가 없었다.

마치 이야기 속에서나 볼 법한 신기한 물건과 능력을 보고 있자면, 새삼 남편의 존재가 특별하다는 걸 깨닫고는 했다.

그래서인지 간혹 가슴 한편에 불안감이 일렁일 때가 있었다.

큰 힘에는 그만큼의 책임이 따른다고 했다.

'노블리스 오블리주.'

한 때, 부유한 집안의 며느리로 들어갔던 당시, 그곳에서 초창기에 배웠던 교육이 떠올랐다.

이미 20년의 세월을 희생한 남편이었다. 하지만 저 놀라운 능력들을 접할 때면, 힘의 크기에 따른 책임으로 인해, 자연스레 불안감이 이는 것이다.

'괜찮아. 아무 일 없을 거야.'

때문에 습관적으로 이리 되뇌며 스스로를 다독이고는 했다.

'괜찮을 거야……'

제튼은 이런 그녀의 옆모습을 조용히, 말없이 바라보고

만 있을 뿐이었다.

◈

〈형제다!〉

예상하지 못했던 대답과 함께, 본의 아니게 '그'와 동행을 하게 되어버렸다.

어쩔 수가 없었다.

'대공의 형제라는데, 어떻게 무시하냐고.'

처음에는 다르다고 여겼던 외형에서도 차츰 대공의 모습이 드러나며, 형제라는 '그'의 말에 신뢰도를 더해줬다.

게다가 떨쳐내기에는 상대의 실력이 너무 뛰어나, 거짓이라 해도 믿는 척을 해야만 할 지경이었다.

음머어어어…

그나마 위안이 되는 건, 전재산을 탈탈 털어서 산 누렁이가 무사하다는 점이랄까?

"저기… 천마님? 슬슬 저녁 시간인데요."

조심스레 '그'의 이름을 부르며 짐칸을 바라봤다. 짚더미에 몸을 누인 채 잠을 청하는 '그'가 보였다.

"으음… 벌써?"

부름에 눈을 뜬 천마가 슬쩍 주변을 돌아보며 물었다.

"밥은?"

눈살이 절로 찌푸려지는 질문이었으나, 최대한 정중히
대답했다.

"이제부터 준비할 생각입니다."

따악!

그 순간 이마에 불똥이 튀었다. 아찔한 충격에 머리를
부여잡고 있을 때, 천마가 손을 휘휘 흔들며 말했다.

"고놈 생각보다 돌 머리란 말이야."

한 차례 손을 턴 그가 다시금 짚더미에 몸을 눕히며 말
했다.

"식사 준비를 다 하고 나서 깨워야 할 거 아니야. 막 예
쁜이 옷을 벗기려는 순간이었는데. 쯧!"

투덜거리는 천마의 음성에 울화통이 터질 것 같았으나,
애써 화를 삼키며 웃음을 지어보여야 했다.

이 같은 상황에 화를 냈다가는 도리어 손해 볼 확률이
높다는 걸, 여정동안 충실히 경험한 까닭이었다.

'빨리… 빨리 제국으로 가야 돼!'

그토록 늦추고 싶던 발걸음이었건만, 저 불한당으로 인
해 재촉을 하게 만들고 있었다.

〈제국으로 간다고? 그럼, 같이 가자.〉

왜 하필 저자의 목적지도 제국이란 말인가.

'으아아아아아! 빌어먹을, 개, 말, 소, 돼지……'

소리 없는 절규가 그의 가슴 속을 메아리치고 있을 때,

천마가 자리에서 일어나며 물었다.

"내 욕했니?"

순간 뜨끔하는 마음이 있었으나, 태연히 미소를 그려내며 고개를 흔들었다.

"설마, 그럴 리가요."

따악!

다시금 이마에 불똥이 튀었다. 눈물을 그렁그렁 매단 채 천마를 바라보니, 열정적으로 귀지를 후비는 게 보였다.

"설마, 그런 것 같은데."

'끄응….'

이대로 가다가는 매만 번다는 생각에 급히 이야기를 돌렸다.

"그런데 제국에는 무슨 일로 가시는 겁니까?"

"몰라서 묻니?"

당연히 알고 있었다. 그저 화제전환용이었다.

"정말 모른다면, 육체만 게으른 게 아니라, 대가리도 게으른 거지. 숨은 왜 쉬냐? 똥은 싸니?"

'끄응….'

갈구는 모양새가 말 그대로 브라만 대공을 똑 닮아 있었다. 상황이 이럴진대 형제라는 소리를 어찌 의심하겠는가.

"헌데, 혹시 과거에 저와 만나신 적이 있으신지요?"

마치 함께 지내 본 것처럼 이야기하는 게 영 이상했기에 이리 묻는 것이다. 여정 동안에는 애써 조심하느라 묻지 않았으나, 슬슬 제국도 가까워지고 있었고, 마땅한 이야깃거리도 없기에 삼켰던 의문을 다시 꺼내든 것이다.

"무기력자라는 별명. 그거 내가 지어준 거다."

뜬금없는 천마의 이야기에 눈을 동그랗게 떠야만 했다.

"그건… 대공께서 직접 말씀하신 건데요."

"먼저 생각해낸 게 나야."

질문에 대한 대답이 너무 이상하게 이어지고 있었다.

'그래서 만난 적이 있다는 거야. 뭐야?'

눈살을 찌푸리고 있을 때, 천마가 물었다.

"그런데, 너 이름이 뭐냐?"

"……."

"뭔가 일 잘할 것 같은 이름이었던 것 같은데."

주먹에 불끈 힘이 들어갔다.

'벌써 보름을 넘게 같이 있었는데….'

너무 자연스레 무기력자니 놈팡이니 하고 부르기에, 자신에 대해서 잘 알고 있다고 여겼다. 때문에 따로 소개를 하지 않은 것인데, 이제 와서 대뜸 이름을 묻고 있었다.

'미치겠네!'

지끈거리는 머리를 부여잡은 채, 힘겹게 입을 열었다.

"…세바르 챤입니다."

"맞다. 그런 이름이었지."

확실히 지금 같은 반응을 보고 있자면, 과거에 알지 못하는 인연이 있었던 것 같았다.

'대체, 그 인연이 뭔지를 모르겠으니.'

모르기에 호기심이 솟구쳤으나, 상대에 대한 위험성에 오히려 모르는 게 나을 것 같다는 생각이 앞섰다. 오랜만에 게으름병이 날아갈 만큼 머리를 쓰고 있자니, 하늘이 노래지는 기분마저 들었다.

애서 가슴을 달래며 새로운 화젯거리로 넘어갔다.

"곧 있으면 전쟁지역인데 이대로 계속 가실 생각이십니까?"

이에 천마가 세바르에게 물었다.

"전방에 벽이 나타났을 때, 브라만은 돌아가데?"

"그야…."

생각해보나 마나한 대답이었다. 이에 천마가 웃으며 말했다.

"나도 마찬가지다."

막는 게 있으면 부수고 뚫으면 된다.

"피내음이 향긋하구나."

머지않은 곳에서 전투가 치러지고 있다는 뜻이었다. 하지만 세바르의 감각에는 아직 아무것도 잡히지가 않았다.

고개를 갸웃거리다가도 이내, 상대를 브라만과 동일선상에 놓자 그러려니 하며 넘어갈 수 있었다. 한동안 겪은 그의 능력은 충분히 대공을 연상시킬 만큼 대단했기에, 그역시 경지 너머의 존재로 인식하게 되었다.

"쓸데없는 생각 말고 밥이나 차려."

또 다시 이어지는 타박에 세바르가 급히 짐을 풀며 식사를 준비했다. 천마가 그런 그의 모습을 즐겁다는 듯 바라 봤다.

'괴롭히는 재미가 있단 말이지.'

표정을 감추려고 하지만, 수시로 드러나는 미세한 표정의 흔들림과 얼굴색의 변화가 더 괴롭히고 싶게 만들었다.

'게으른 놈을 부려먹는 것도 재미지. 큭!'

성격에 정 반대되는 행동을 시키는 것 역시 즐거움이었다. 잠시 세바르의 모습을 바라보던 천마가 시선을 돌려, 저 먼 하늘을 바라봤다.

그의 눈에는 죽음의 기운들이 그득히 쌓여있는 게 보였다. 거기부터가 전장의 시작점일 터였다. 시야에 닿아있다고 해서 가까운 거리는 아니었다.

누렁이의 속도로 봤을 때, 오늘 중으로 도착하기는 어려운 거리였다.

'어디까지 밀렸으려나.'

제국의 국경선이 어느 정도까지 침범 당했을지 상상을

하고 있는 사이, 식사준비가 다 된 듯, 제법 향긋한 내음이 코끝을 자극하고 있었다.

"준비 다 됐습니다."

아니나 다를까. 세바르가 그를 부르는 소리가 들렸다. 고개를 끄덕이며 짐칸에서 내려왔다.

'솜씨가 제법이란 말이지.'

세바르는 게으른 성격과 달리, 그 재능은 어느 분야에서 건 천부적이었다. 때문에 요리 실력 역시도 평균 이상을 자랑했는데, 만약 게으른 성격만 아니었다면, 제법 명성을 날릴만한 음식집을 차리고도 남았을 터였다.

"먹자."

자리에 앉은 천마가 먼저 음식을 들고, 이내 세바르도 식사를 시작했다.

그리고 한참 식사가 이어지고 있을 때였다.

"음?"

돌연 천마가 음식을 놓더니, 저 먼 하늘로 시선을 던져 보내는 게 아닌가.

후와아아아악…

그와 동시에 어마어마한 압력이 그로부터 뻗어 나왔다.

"크웃!"

별의 영역이라는 마스터에 이른 세바르의 능력으로도 쉬이 감당하기 어려운 무시무시한 기세였다.

'대체…?'

무슨 일인가 싶어 천마의 얼굴을 살피니, 입 꼬리를 한 껏 말아 올린 채 진한 미소를 그리고 있는 게 아닌가.

'왜?'

의문이 이어질 때였다.

"브라-만!"

돌연, 천마의 외침이 터지는가 싶더니, 전방으로 거대한 광풍이 휘몰아치기 시작했다.

'브라만? 대공?'

답을 내릴 수 없는 의문의 소용돌이 속에서, 세바르의 시선 역시도 저 먼 하늘을 향해 있었다.

그러다 다시금 천마에게로 고개를 돌렸을 때, 깜짝 놀라 야만 했다.

'사라졌어?"

어느새 천마의 신형이 자취를 감춘 것이다.

'이게, 대체… 무슨?'

어벙벙한 얼굴로 천마가 앉아있던 자리를 바라보며 볼 을 꼬집어봤다. 혹시 지금껏 꿈을 꾼 건 아니었을까, 싶은 마음이 든 까닭이었다.

하지만 볼은 아픔은 진실이었고, 천마의 자리에 남은 온 기도 거짓이 아니었다.

그것은 마치 천둥소리 마냥 하늘을 가르며 다가왔다.

브라–만!

하지만 그게 사람의 음성이라는 건, 듣는 순간 알 수가 있었다.

애초에 모를 수가 없는 음성이었다.

'천마!'

한 때, 그의 몸을 강탈했던 사내였다. 그가 저 멀리서 천둥과 함께 다가오고 있는 걸 느꼈다.

'실수했군.'

잠시, 전쟁지역을 살펴보려는 생각으로, 아카데미에서 몰래 빠져나온 것인데, 설마 그것이 천마와의 만남을 앞당기게 될 줄이야.

"하아…"

두 눈을 질끈 감으며 깊은 한숨을 뱉어냈다. 다시금 눈을 떴을 때, 그의 앞에는 거대한 재앙이 웃음 짓고 있었다.

그것은 마치 천신의 분노 같았다.

붉은 빛 노을에 짙게 물들어 피비린내가 더욱 강하게 휘몰아치는 혼란스런 전장에, 한 순간 정적이 내려앉을 만큼 크고 강렬하며, 또한 두려운 그런 외침이었다.

하나같이 몸을 부르르 떨며 눈앞의 상대가 아닌 하늘의 분노에 시선을 올려 보냈을 만큼, 그것은 공포스러운 무언가를 담고 있었다.

그리고 이내, 전장의 병사들은 공통적으로 하나의 기현상을 목격해야만 했다.

저 멀리, 거대한 어둠이 하늘을 뒤덮는 장면!

그로 인해서 그들은 하나 된 마음으로 자신들의 착각을 인정하기에 이른다.

'악신!'

조금 전 그 소름끼치는 외침은, 천신의 분노가 아닌 악신의 웃음소리였다는 것을.

◈

울컥거리는 가슴의 흔들림과 함께, 그동안 숨겨왔던 빛의 잔재가 외부로 드러났다.

"으음…."

짧은 신음성과 함께 내부의 흔들림을 게워내며, 시선을 저 먼 하늘로 던졌다. 다른 병사들이 그러하듯 그 역시 하늘에 피어나는 먹구름을 본 까닭이었다.

그것은 마치 이야기 속 마왕의 강림을 생각나게 할 만큼, 칠흑처럼 깊은 어둠을 품고 있었다.

쳐다보는 것만으로도 눈이 따갑다는 느낌이 드는 것으로 보아, 확실히 예사 먹구름은 아닌 것 같았다.

"끄으으으으......."

"아아아아아악-!"

문득, 귓전을 어지럽히는 비명성과 신음성이 한층 더 요란해졌다는 걸 깨달았다.

환자들이 고통에 몸부림치고 있는 것이다. 이미 치유가 끝나 회복중인 환자들도 재차 괴로움에 떨고 있었는데, 단번에 그 이유가 무엇인지 알 수 있었다. 조금 전 그 소름끼치는 외침의 여파였다.

'무시무시하구나.'

마치 오한이라도 든 듯, 한 차례 몸서리를 치는 그의 몸에서 은은한 서광이 피어올랐다.

그 빛을 쬐자 고통에 신음하던 이들이 하나 둘 편안한 얼굴을 찾아가기 시작했다.

"오...오오오오......."

대신, 비명성이 난무하던 그 자리 위로, 감탄성이 덧씌워지고 있었다.

하늘로 향했던 그들의 시선은 하나같이 마르한에게로 모

여겼는데, 이는 환자들에게만 한정된 게 아니었다. 그곳에 있는 모든 이들이 일제히 시선을 모았는데, 그 안에는 사제단의 성직자들 역시 포함되어 있었다.

그들은 이내 양 손을 모았고, 하나 된 마음으로 마치 기도하듯 눈을 감고 머리를 조아렸다.

마르한은 이러한 경배의 한 가운데에서 홀로 조용히 빛을 발하고 있을 뿐이었다.

그렇게 빛의 한 가운데에 있던 마르한의 눈가에 옅은 흔들림이 일었다. 조금 전 천둥성 속에서 들렸던 한 조각의 기이한 불안감을 떠올렸기 때문이었다.

'브라만… 이라고 했던 것 같은데.'

자신이 잘 못 들었나 싶은 마음이 드는 한편으로, 어쩌면 제대로 들었고, '그'와 관련된 무언가가 벌어지고 있는 게 아닌가 싶은 마음도 들었다.

'제튼 반트!'

그의 얼굴을 떠올리자, 자연스레 종달새 같던 여아의 모습 역시도 그려졌다. 이제는 더 이상 소녀라고만 부르기 어려울 만큼 자라버린 아이.

'메리…'

자연스레 입가에 미소가 그려졌고, 빛은 그 크기를 더해갔다.

아이들을 만나고 이런저런 이야기를 나눈 뒤, 잠시간의
틈을 내어 밖으로 향했다.

몰래 나온 것이지만, 혹여 걱정할까 약간의 언질 정도는
하고 나왔다. 하지만 그래도 혹시나 하는 마음에 걸음이
빨라졌다.

순식간에 공간을 건너뛰며, 어느새 발길은 전쟁지역에
닿아 있었다.

가슴을 답답하게 만드는 비릿한 혈향과 시체 썩는 냄새
들이 곳곳에서 피어났다. 유난히 발달한 감각은 이 모든
죽음의 향을 하나하나 전해줬다.

"후우우우…."

길게 한숨을 뱉어내며 밀려든 고통의 그림자도 함께 게
워냈다.

그러며 전장의 풍경을 눈에 담았다.

'만약, 내가 있었다면….'

애써 외면하던 그림을 머릿속에 그려본다.

'…전쟁이 일어날 일은 없었겠지.'

하지만 이내 고개를 흔들며 생각을 털어냈다. 결국 일어
나지 않은 상황을 향한 가정일 뿐이기에, 괜한 생각으로
스스로를 잠식시키지 않고자 하는 것이다.

그렇다고 해서 눈앞의 광경을 외면할 생각은 전혀 없었다. 이 모든 상황이 그의 존재유무와 관련되어 있다는 건 분명 피할 수 없는 진실이기 때문이었다.

때문에 굳이 시간을 내어 이곳까지 온 것이기도 했다.

'굳이, 참견할 생각은 없지만.'

그래도 두 눈에 새겨놓을 필요는 있다 여겼다. 또한 전장의 분위기를 직접 피부로 느낀 뒤, 상황의 심각성에 대해 고심할 필요도 있다고 여겼다.

'여차하면… 얼굴 정도는 보여야 할지도 모르니.'

고개를 절레절레 흔들며 그런 일이 일어나지 않기만을 바랄 뿐이었다.

그나마 다행이랄까?

'엇비슷한 정도인가.'

사반트가 건네주는 정보와 크게 다를 바 없는 상황으로써, 제국이 위기라고 할 만한 수준이 아니라고 여겼다.

물론, 실질적으로 국경선이 침범당하고, 여러 지역에서 뒷걸음질 치는 결과가 보이기는 했으나, 이는 적군의 기세가 대단하다기 보다는 내부적인 문제가 크다고 여겨졌다.

'여전히 지역의 방어력만으로 버티고 있으니.'

제국 내에서도 병력을 모으고, 지원을 보내는 중이라고는 하나, 진정 제국전쟁 당시와 같은 치열함은 느껴지지 않았다.

오르카를 통해 얻은 중앙의 분위기는 여전히 눈치싸움만 가득하다고 했다.

직접 눈으로 보고 피부로 느낀 상황이 제국의 위기라고 할 만한 수준은 아니었으나, 충분히 위협이 될 만한 상황인 것은 확실하건만, 여전히 눈치싸움만 하고 있다?

'뭔가가 있군.'

내부적인 문제가 있다고 여겨졌다. 몇 가지 짚이는 부분이 있었다. 하지만 이 역시 가설일 뿐이기에 우선은 지켜만 볼 뿐이었다. 게다가 믿을 만한 전력인 오르카가 중앙에 뿌리내리고 있어, 만에 하나의 사태에도 안심할 수 있었다.

'그나저나, 연합 왕국보다… 오히려 몬스터들의 규모가 문제군.'

어느 정도 분위기를 살피고 중간 중간 호흡을 고르는 연합왕국과 달리, 몬스터들은 막무가내 식으로 밀고 들어오는 경향이 강했다.

그래서 일까? 그들의 침공 지역은 심각할 정도로 손상되어 있는 게 눈에 띄었다.

전혀 관계하지 않으려던 마음에 자그마한 파문이 일 정도로 몬스터들의 침공은 눈에 거슬리는 부분이 있었다.

때문에 자그마한 변덕을 부려버렸다.

우우우웅…

창공 저 너머, 구름 위에서 잠시 잠깐 기운을 풀어냈다.

"커허엉!"

"끼익. 끽. 끼익…."

"꿔어어어어……."

저 먼 아래 지상으로 다양한 괴성과 함께 지면이 흔들릴 정도의 거대하고 요란한 동요가 느껴졌다.

아마도 지금 이 순간, 몬스터들의 심연 깊숙한 곳에 한 줄기 어둠이 새겨졌을 것이다. 저들의 눈먼 진격에 보이지 않는 족쇄를 채우는 순간이었다.

'이 정도면 충분하겠지.'

고개를 끄덕이며 기운을 거둘 때였다.

브라―만!

저 멀리서 그를 부르는 소리가 들려왔다. 그 순간 실수했다는 걸 깨달았다.

전쟁지역을 살피러 온 것까지는 문제될 게 없었으나, 한 순간의 변덕으로 기운을 뿌린 게 문제였다.

그 잠깐의 감정적 선택이 재앙을 불러들인 것이다.

"천마."

눈앞에 다가온 재앙을 이름으로 부르자, 사람의 형상이 된 재앙이 웃으며 입을 열었다.

"오랜만이다. 브라만."

눈살을 찌푸리며 정정해줬다.

"잊어버렸나 본데, 난 그런 이름이 아니다."

"뭐였더라?"

"제튼 반트!"

낯선 반응에 그가 재차 웃으며 말했다.

"큭! 그래. 그런 이름도 있었지."

짜증이 확 하니 치밀었다. 예나 지금이나 재수 없는 건 변함이 없다는 생각에 절로 주먹이 쥐어졌다.

"하지만 내가 보고 싶은 건 브라만인데. 이걸 어쩐다…"

어찌 말할 때마다 저리 속을 긁을 수 있을까. 쥐었던 주먹에 힘이 불끈 들어갔다. 하지만 주먹을 내뻗을 수는 없기에, 말 속에 그 울분을 내던졌다.

"그놈은 십년도 더 전에 이미 세상 떠났으니까. 찾아봤자 헛수고다."

"이거 참. 그렇다면 저승에서 끌고 올 수밖에 없으려나."

"으득! 말장난은 그만 하지."

이를 갈아 마시며 내비치는 분노가 전해졌을까? 상대의 표정에 웃음기가 사라지는 게 보였다.

"장난처럼 보이니?"

그러며 던져오는 질문에 오싹한 기세가 실려 있었다. 절로 등골이 오싹해지는 느낌에, '과연'이라는 생각과 함께 감탄사가 나올 뻔 봤다.

'밀릴 수야 없지!'

쥐었던 주먹에 힘을 더욱 불어넣으며, 기운을 일으켰다.

쿠르릉… 꽈르르릉……

순식간에 주변 일대가 어둠에 휩싸이고, 곳곳에서 기운 간의 마찰이 일어나며 천둥성이 치는 게 들려왔다.

그렇게 얼마나 대치가 이뤄졌을까? 문득, 그들 두 사람을 자극하는 새로운 기운이 밀려드는 걸 느꼈다.

"호오!"

천마가 짧게 감탄사를 터트리며 한 곳을 응시할 때, 제튼 역시도 그곳으로 시선을 보내고 있었다.

익숙한 체취를 느낀 까닭이었다.

'마르한 영감님!'

역시나라고 해야 할까?

저 멀리 기운이 발현지로 보이는 장소에서 빛이 일렁이고 있었는데, 그것은 누가 봐도 성직자들의 신성력이었다.

하지만 그 어디서도 볼 수 없는 대단한 수준의 신성력이기도 했다. 그 때문에 더욱 마르한의 모습이 연상됐다.

'하지만…'

이리 대단한 기운을 오래 유지하는 건 쉽지 않을 터였다.

'…어쩔 수 없나. 후우!'

나직한 한숨과 함께 제튼이 먼저 기운을 거둬들였다. 동시에 주변을 요란하게 뒤흔들던 기운의 충돌이 사라지며, 대기가 잠잠해지는 걸 느꼈다.

그 대신이라고 해야 할까? 제튼은 날카롭게 찔러오는 천마의 기세를 온몸으로 받아들여야만 했다.

"킥! 벌써, 꼬리를 마는 거냐?"

비릿한 웃음과 함께 날아든 천마의 물음에 울컥하며 재차 기운이 일어나려 했으나, 애써 화를 삼키며 침착하게 말을 받았다.

"대화를 하기에는 장소가 안 좋군. 자리를 옮기지."

이런 그의 반응에 천마가 눈을 얇게 뜨더니, 이내 입 꼬리를 말아 올리며 물었다.

"저 영감하고 아는 사이냐?"

어느새 마르한의 모습까지 확인한 것인지, 그리 물어오는 천마의 모습에 제튼은 잠시 고민하다 짧게 고개를 끄덕였다.

"킥! 그래. 그렇단 말이지. 꽤 재밌는 인연을 만들었어. 제법이야."

짧은 실소와 함께 혼잣말처럼 중얼거리던 천마가 이내 제튼을 향해 말했다.

"안내해."

이에 제튼이 즉각 몸을 날렸고, 천마가 그 뒤로 따라 붙었다. 그러며 앞서가는 제튼의 뒷모습을 유심히 바라봤다.

'제법이네.'

잠시 잠깐이었으나, 분명 그들은 서로의 기세를 마주했고, 거기서 각자의 역량을 평가할 수 있었다.

'브라만을 버리고 성장도 멈췄을 줄 알았더니.'

과거, 마지막으로 봤던 당시보다 한층 발전한 기세를 느꼈다.

물론, 서로의 모든 것을 내보인 건 아니었기에, 전부라고 할 수는 없었으나, 그래도 찰나 간에 비친 그 기세에서 이미 과거를 능가하고 있었다.

'재밌겠어!'

한 판 제대로 놀아볼 수 있겠다는 생각에 절로 미소가 그려졌다. 웃음기 가득한 표정이었으나, 결코 입 밖으로 그 기색을 내비치지는 않았다.

혹여 제튼이 뒤돌아보다 이 모습을 들키면 안 되는 까닭이었다. 그랬다가는 애써 만들어놓은 분위기가 헝클어질 수도 있기에 표정을 관리하고자 하는 것이다.

짧은 시간이었으나, 전장에서 충분이 멀어졌다고 여겨진 순간이었다.

'어디…'

천마가 먼저 움직였다.

'얼마나 성장했는지 확인해 볼까나!'

그건 그야말로 갑작스러운 기습이었다. 그 순간 기다렸

다는 듯, 제튼의 신형이 회전하는 게 보였다.

마치 그럴 줄 알았다는 듯, 당황하는 기색 하나 없는 제튼의 모습에 천마가 결국 웃음을 터트렸다.

"크하하하하하!"

이내 둘의 신형이 맞닿았다.

꽈르르릉!

거대한 천둥성과 함께 본격적인 전투가 시작되었다.

얼핏 보아서는 아무런 기세도 실리지 않은 평범한 주먹이었다. 하지만 막상 그 권격과 마주하고 나면, 어마어마한 충격파가 전신을 엄습해오고는 했다.

꽈르르르르릉!

마치 천신의 분노가 이렇지 않을까 싶을 정도의 공포스러운 파괴력이 그 안에 담겨있었다.

때문에 정면으로 마주하기 보다는 흘리고 피하는 걸 먼저 선택했다.

콰아아앙!

하지만 여전히 천둥성은 멈추지 않았는데, 이는 무수히 많은 권격으로 인해 완전한 회피가 어려웠기 때문이다.

"제법이야."

짧은 천마의 외침에 머리끝에 열기가 솟구쳤다.

'예전의 내가 아니다!'

피하기만 한다면 전과 다를 게 없다. 그 때문에 공격의 필요성을 느꼈다.

번쩍!

순간, 천둥성에 어울리는 뇌전이 하늘을 갈랐다. 제튼의 손끝에서 펼쳐진 검결지가 우뢰를 낳은 것이다.

"후웃!"

이번만큼은 천마도 적잖게 놀란 듯, 화들짝 놀라며 몸을 빼내는 게 보였다. 그 덕분일까? 둘 사이에 공간이 형성되었고, 약속이나 한 듯 그들은 서로를 응시하며 호흡을 고르기 시작했다.

짧은 격전이었으나, 그 찰나 간에 마주한 긴장감이 실로 대단해서, 둘 모두 호흡에 균열이 일어난 상태였다.

"많이 컸네."

천마가 먼저 말문을 열었다.

"거기서 반격까지 들어올 줄이야. 보아하니 영 놀고만 있던 건 아닌 모양이네. 흙이나 파먹고 있는 줄 알았더니, 의외로 검 끝이 날카로운데."

이에 제튼이 눈매를 날카롭게 만들며 말했다.

"그러는 너는 변한 게 없네. 비겁하게 뒤통수나 쳐 대고."

갑작스런 기습을 비난하는 것이었다. 이에 천마가 태연한 표정으로 어깨를 으쓱였다.

"애초에 등을 보이는 게 멍청한 거지. 게다가 전에도 말했잖아. 이긴 놈이 정의라고. 비겁하건 비열하건, 결국 패자는 말이 없는 법이야."

거기서 말을 끝냈으나, 옛 기억이 떠오르며 뒷이야기를 이었다.

〈주둥이 놀릴 대가리가 없으니까.〉

달갑지 않은 기억에 절로 눈살이 찌푸려지며 호흡이 흐트러질 때, 다시금 천마의 기습이 펼쳐졌다.

콰르릉!

기습인 만큼 가볍게 뻗은 일격이었으나, 그 기세는 여전히 매서웠다. 하지만 제튼은 너무도 태연히 피해버렸고, 목표를 잃은 광풍은 저 멀리 창공을 가르며 뻗어가고 있었다.

앞서와 같은 연격은 없었다. 그저 한 번의 기습을 내던진 뒤, 즐겁다는 듯 미소만 보내오고 있을 뿐이었다.

"큭! 누가 가르친 건지. 아주 잘 컸어."

"가르치기는 개뿔."

"그 건방진 성격만 좀 더 고쳤으면 아주 완벽했을 건데."

"너만 할까."

"크하하하!"

제튼의 반박에 자꾸만 웃음이 새나왔다. 즐거웠다. 그 누가 있어서 감히 그에게 이런 막말을 던질 수 있겠는가.

마계에서도 그를 상대로 이 같은 언사를 지껄이는 이들

은 없었다.

'마왕이란 놈들도 마찬가지였지. 큭!'

그래서 더욱 눈앞의 존재가 반가웠다.

〈형제다!〉

앞서 세바르에게 브라만과의 관계를 그리 이야기했었는데, 그 말이 크게 틀리다고 여기지 않았다.

본의 아니게 20년의 세월을 함께 지냈다고는 하나, 미운 정도 정이라고 했다. 그 미운 정을 무려 20년이나 쌓은 만큼, 실제로 그는 제튼에게 형제와도 같은 친밀함을 느끼고 있었다.

본신의 능력을 찾고 난 뒤에도 굳이 제튼을 제거하지 않은 이유가 무엇이던가. 바로 그 '정'이라는 걸 느껴버린 까닭이 아니던가. 마의 하늘이라 불리는 그답지 않은 감정이었다.

하지만 그렇기 때문에 더욱 소중하게 여기는 부분이기도 했다.

물론, 이는 순수하게 그만의 생각으로써, 제튼의 감정이 그와 같은지는 알 수 없는 부분이었다.

'원수라고 여기지나 않으면 다행이지. 큭큭큭!'

실실거리며 웃음을 흘리는 게 맘에 안 들었음일까? 대뜸 제튼이 몸을 던지며 선공을 취해왔다.

검결지를 쥔 손이 그의 목을 향해 날아드는데, 그야말

로 일격필살의 의지가 깃든 초월적 검격이었다. 하지만 천마는 너무도 여유 있게 허리를 뒤로 꺾으며 검격을 피해냈다.

그 순간 제튼의 손이 변화를 일으켰다.

'조법(爪法)!'

마치 매의 발톱처럼 변한 제튼의 손이 그대로 천마의 가슴을 노리며 파고들었다.

조금 전 일격필살의 기세가 마치 거짓이라도 되는 듯, 자연스레 연격으로 이어지고 있는 것이다.

검술이 그 중심에 있다지만, 그렇다고 해서 검이 전부인 것은 아니라는 듯, 제튼의 공격은 검술 하나에서 끝나지 않았다.

매의 발톱을 피하니 태산을 담은 주먹이 뻗어왔고, 이를 흘려내자 사나운 광풍을 담은 장법이 날아들었으며, 이 마저 회피하니 결국 이게 진짜였다는 듯, 현란한 각법이 매서운 채찍마냥 하체를 파고들었다.

상부에 집중되었던 공격의 여파인 듯, 호흡이 늦어버렸고, 결국 이는 흘려보내지 못한 채, 정면으로 맞이해야만 했다.

빠아악!

아찔한 타격음이 양 다리 사이에서 터져 나왔다. 그리고 제튼의 눈이 불을 뿜었고, 그 불꽃이 천마의 눈에 잡혔다.

'들켰나?'

천마의 동공에 작은 흔들림이 일었다. 그리고 이 찰나간의 미묘한 호흡변화가 그들 사이에 다시금 '공간'을 허락했다.

훌쩍 물러난 제튼이 두 눈을 게슴츠레하니 뜬 채, 천마의 전신을 이리저리 훑었다. 이에 천마가 어색한 미소를 지은 채 볼을 긁적였다.

'확실히… 들켰네.'

설마, 그 찰나의 마주침에서 변화를 알아챌 줄이야. 생각했던 것 이상으로 발전했다는 걸 새삼 깨닫는 순간이었다.

잠시간 침묵의 시간이 이어지는데, 이 시간이 불편하게 여겨진 것인지 천마가 먼저 말문을 열었다.

"뭘 그렇게 보고만 있어."

이에 제튼 역시도 침묵을 깼다.

"어떻게 된 거냐?"

그리고 튀어나온 질문에 천마가 슬쩍 시선을 피했다. 그것은 마치 대답을 회피하는 것 같은 모양새였다. 하지만 제튼은 순순히 놓아주고 싶은 생각이 없었다.

"어쩌다가 이렇게 약해진 거냐?"

뜬금없는 이야기가 그의 입에서 흘러나왔다. 이에 천마가 쓰게 웃으며 입을 열었다.

"건방지게 감히 이 천마님께 약해졌다니. 어디서 그런 유언비어를…"

"말 돌리지 말고! 너 뭐야? 뭐가 어떻게 된 거냐고?"

조금 전, 연격의 마지막에서 제튼의 각법이 막혔을 때, 거기서 밀려들던 호신강기(護身强氣)의 기운을 느꼈다.

일종의 오러 실드라 할 수 있는 것으로써, 그들의 경지에 이르면 의식하지 않아도 자연스레 발휘되는 것이었는데, 그 힘의 세기에 따라서는 오히려 공격했던 대상이 피를 토하며 쓰러지는 경우도 있을 정도였다.

제튼은 천마의 호신강기가 주는 반탄력과 마주한 뒤, 그 힘의 세기가 과거와 전혀 다르다는 걸 깨달았다.

앞서 천마의 공격을 수비하던 당시에는 느낄 수 없던 부분이었다.

"귀찮게시리… 쯧!"

천마가 짧게 혀를 차며 제튼을 바라봤다. 생각 이상의 발전 덕분에 숨기고 있던 변화를 들켜버렸다.

"궁금하냐?"

그래서 물었다. 당연하다는 듯 제튼의 고개가 위아래로 끄덕여졌다. 이에 천마가 이를 드러내며 웃었다.

"공짜로?"

제튼의 눈살이 찌푸려지는 그 순간, 천마가 몸을 던졌다. 호흡이 끊기던 찰나를 이용한 기습이었다.

"망할 놈!"

짧은 욕짓거리와 함께 제튼이 바삐 손을 놀렸다. 천마를 상대로 선공을 빼앗긴 이상, 한동안은 수비에 바쁠 수밖에 없었다.

파파파파파팡!

바쁘게 그들의 손이 움직이며 공방이 오갔다. 또 다시 주변 가득 천둥성이 울려 퍼지는 와중에, 천마가 시원하게 외쳤다.

"알고 싶다면 이겨봐!"

과거에도 그랬듯, 또 다시 천마의 페이스에 끌려가는 기분이었다.

'젠장!'

제튼이 표정을 구긴 채 바쁘게 몸을 움직였다.

날아드는 권격을 바삐 피하고 흘려보내는 와중에, 문득 드는 생각이 있어 손을 뻗어 정면으로 권격을 받았다.

쫘르르릉!

거대한 충격파가 사방으로 뻗어나가며 대기를 어지럽히는 게 느껴졌다. 하지만 제튼의 신경은 그곳이 아닌 자신의 손 끝에 향해 있었다.

앞서도 몇 차례 정면으로 부딪쳐야만 하는 상황이 있었다. 하지만 그 때에는 천마의 변화를 모르고 있던 까닭에 눈치 채지 못했던 것들이, 지금은 선명하게 비쳐지고 있었다. 천마의 변화를 알고 나니, 자연스레 눈에 들어오는 것이다.

'약해졌어!'

이제는 확실해졌다. 그가 알던 천마가 아니었다.

제튼 스스로도 발전이 있었기에, 더더욱 확실히 알 수 있는 부분이었다.

'어째서?'

자연스레 드는 의문이었다. 하지만 생각을 길게 이어나가기에는 상황이 좋지 못했다.

파아앙!

짧게 끊어 치는 일격에 결국 고개가 휙 하니 돌아갔다. 의도적으로 고개를 돌리며 힘을 분산시키기는 했으나, 그럼에도 불구하고 목뼈에 이상이 올 만큼의 충격이 남았다.

온전히 흘려내지 못한 타격의 여파인 듯, 시야가 요란하게 흔들리고 있었다.

'젠장!'

아차 싶었으나, 이미 상황은 벌어진 뒤였다.

빠바바바바박!

기회는 이때라는 듯, 천마의 맹공이 이어졌다. 이 모두를 피해내기에는 상태가 좋지 못해, 한껏 웅크린 채 이를 막아내야만 했다.

약해졌다는 식으로 이야기를 하기는 했으나, 상대는 검은 사신이라고 불리던 브라만 대공의 본신인 천마였다.

버틸만한 강도의 공격이 아니었다. 억지로라도 이 상황을 벗어나야만 했다.

"크으읍!"

절로 신음성이 흘러나올 정도의 충격 속에서, 이를 악문 제튼이 내부의 모든 기운을 폭발시키듯 뿜어내며 몸을 던졌다.

콰우우웅!

마치 한 줄기 유성이 떨어지듯, 그의 신형이 매섭게 전방을 향해 뻗어나갔다. 갑작스레 터져 나온 거대한 힘의 폭발에 놀란 듯, 천마 역시도 공세를 잠시 멈춘 채 몸을 빼내야만 했다.

"흡… 후우… 후읍!"

그 틈을 이용해 공간을 최대한 벌린 제튼이 숨을 거칠게 몰아쉬며 천마를 노려봤다.

찰나 간에 받은 타격이 가볍지 않았던지, 어느새 전신 가득 핏물에 적셔져 있었다. 평소라면 천마신공의 치유력으로 인해 빠르게 회복되었을 상처들이건만, 지금의 부상은 도통 회복의 기미가 보이질 않았다.

천마로 인해 입은 부상에 짙은 마기가 담겨 있음을 깨달았다. 그것은 천마신공의 기운과 닮아있으면서도, 한편으로는 다르다는 걸 느끼게 했다.

'마계의 마기인가.'

때문에 상처가 오히려 벌어지고 있는 것이다. 그나마 천마신공의 기운 덕분에 현상유지 정도는 가능했다.

'그나저나…'

천마를 향한 시선에 커다란 의문이 실렸다.

'설마, 이렇게까지 약해져 있을 줄이야.'

내부의 오러를 한순간에 터트리며 발생하는 기운은 분명 막강한 게 맞았다. 하지만 과거의 천마였다면 이 역시 제대로 통하지 않았을 게 분명했다.

'약해졌다고는 해도… 이건 너무 심한데. 과거의 절반에도 못 미친다는 건데.'

그렇지 않고서야 저처럼 몸을 빼내는 행동을 할 이유가 없었다.

게다가 찰나 간에 비쳐졌던 이화접목의 수법은 결코 천마답지 않은 행동이었다.

부드러움은 강함으로, 강함은 극강(極强)으로 제압하는 것!

그게 천마의 전투방식이었다. 동시에 그의 인생철학이라고 볼 수도 있었다.

때문에 힘을 흘리거나 회피하는 종류의 행동은 결코 한 적이 없었다. 헌데, 그 말도 안 되는 행동을 보인 것이다.

'장난삼아 보여준 적은 있었지만… 이건……'

말 그대로 진심이 가득 담긴 수법이었다. 그만큼 힘의 공백이 크다는 의미였다.

'대체… 무슨 일이 있었던 거냐?'

한층 더 뜨거워진 시선의 화살 속에서, 결국 밑바닥까지 들켜버렸다는 것을 깨달았다.

'쯧! 쪽팔리게….'

갑작스러운 힘의 폭발을 전부 감당하기가 어려워, 본의 아니게 이화접목의 수법을 사용한 게 실수였다.

1의 힘을 10까지 끌어올리는 것!

천마는 이를 능숙하게 활용할만한 기예가 있었다.

힘의 중첩!

제튼의 예상처럼 상상이상으로 나약해진 상태였으나, 이 힘의 중첩을 통해 본신에 가까운 힘을 발휘하는 게 가능했다.

하지만 중첩 간에 나타나는 미묘한 간극까지 지우는 건 무리가 있었다.

때문에 조금 전 같은 갑작스런 힘의 폭발에는 긴장할 수밖에 없었다. 그 폭발의 세기가 간극을 무시할만한 크기와 속도를 지녔다면, 결국 중첩 외의 기예를 발휘해야만 하는 까닭이었다.

그게 이화접목의 수법이었고, 결국 이를 통해서 힘을 흘리고 회피하는 동작을 보이게 된 것이다.

여러모로 복잡해진 제튼의 시선을 보고 있자니, 그가 어떤 생각을 하고 있는지 짐작이 됐다.

'내 상태에 대해 분석하고 있겠지.'

아마도 그 중에는 마족들의 차원이동에 관한 기본적인 이야기도 포함되어 있을 터였다.

〈차원을 넘은 마족들은 본신의 능력에 제약을 받는다!〉

실제로 제튼은 그와 관련된 내용을 머릿속으로 뒤적이는 중이기도 했다. 하지만 안타깝게도 천마에게는 해당되는 상황이 아니었다.

반인반마(半人半魔)!

현재 천마의 상태가 이와 같았다.

마족의 육신에 깃들었으나, 혼의 기억을 따라 환골탈태(換骨奪胎)하여 사람의 흐름을 얻게 된 것이다.

그리고 이 덕분에 다른 마족보다 쉽게 인간계를 넘어올 수 있던 것이기도 했다.

물론, 전혀 제약이 없는 건 아니었다. 결국 반쪽은 마족이었고, 거기에 더해 육신을 차지하고 있는 기운이 마계의 것으로 이루어진 까닭에, 적잖은 반발이 있을 수밖에 없었다.

하지만 틈새의 공간을 거쳐 온 덕분인지, 이 부분에 대한 반발 역시도 충분히 적응한 상태였다.

그럼에도 불구하고 과거와 같은 강인함을 보이지 않는 이유는 무엇일까?

이런저런 추측으로 복잡하게 변한 제튼의 눈빛을 보고 있노라니 괜히 미소가 그려졌다.

"궁금해?"

대뜸 그리 묻는 천마의 질문에 제튼이 딱딱하게 표정을 굳혔다. 생각을 들켰다 여긴 까닭이었다. 그 모습에 이를 드러내며 웃은 천마가 먼저 신형을 내던지며 외쳤다.

"이겨!"

언제나 그렇듯, 승자만이 모든 걸 누릴 수 있었다. 이런 천마의 지침을 알기에 제튼 역시도 이를 악물며 신형을 내던졌다.

꽈르르르르르릉…

다시금 이뤄진 초월적 존재들의 격돌에, 세상이 비명을 내지르기 시작했다.

◈

저 멀리 들려오는 천둥성을 듣고 있노라면, 절로 양 팔에 닭살이 돋으며 오싹한 전율이 등줄기를 타고 오르는 걸 느낄 수 있었다.

〈브라─만!〉

그가 떠나기 전 내뱉었던 그 외침과 육신의 기현상을 통해, 저 천둥성의 정체를 대번에 유추해낼 수 있었다.

'붙었구나!'

저 멀리 어렴풋이 보이는 어둠의 흔적에 '그들'이 있다고 짐작됐다.

단, 한 가지 궁금한 건, 어째서 '그'가 이곳에 있는 것이냐는 점이었다.

'브라만 대공이 왜 여기에…?'

아닐 거라고 여기기에는 저 멀리서 느껴지는 기운이 너무도 친숙했다.

어쩌면 전쟁의 상황을 지켜보고 있는 건 아니었을까? 마치 강 건너 불구경이라도 하듯, 그렇게 하나의 유희거리마냥 구경하고 있던 건 아닐까?

설마 싶으면서도, 그라면 가능하다는 생각이 들었다. 마왕이라는 소리까지 듣던 사내가 아니던가. 충분히 가능한 상황이었다.

"젠장!"

표정을 잔뜩 구긴 세바르는 거칠게 욕짓거리를 뱉어내며 하늘을 올려다봤다. 저 멀리, 잠시간 멈췄던 천둥성이 다시금 울려 퍼지고 있었다.

그와 그레이브의 관계를 생각하니 자연스레 얼굴빛이 어두워졌다.

'들키기라도 하면… 꿀꺽!'

마치 저 먼 하늘의 먹구름이 얼굴에 닿은 듯, 어느새 칙칙한 그늘이 얼굴 가득 내려앉아 있었다.

문득, 천마가 했던 이야기가 생각났다.

〈형제다!〉

분명히 그는 브라만 대공과의 관계를 그리 설명했었다.

'형제?'

저 멀리서 느껴지는 천둥성과 아찔한 충격파에 눈길이 갔다. 경지에 이른 그의 감각은 충격파 속에 실린 살기를 정확히 짚어냈다.

"저게… 형제라고? 원수가 아니라?"

이해할 수 없는 의문을 가득 실은 채, 누렁이는 여전히 전진하고 있었다.

◆

주먹이 뻗어오는가 싶으면 손바닥이 펼쳐지고, 그러다가도 어느 순간 발등이 시선을 어지럽힌다.

'천마무영(天魔舞詠)!'

단번에 그 정체가 머릿속에 떠올랐다. 극강의 파괴력으로 모든 걸 격파하는 천마의 신공 중, 유난히 현란하고 부드러운 몸짓의 기예로써, 언뜻 춤추는 것 같다는 착각마저

드는 신기가 눈앞에서 펼쳐지고 있었다.

눈으로 쫓다가는 순식간에 저 춤사위에 빠져들기 일쑤였다. 때문에 눈이 아닌 감각으로 흐름을 읽고 그 틈을 노려야만 했다.

'원래라면 그렇게 해야 하지만.'

지금만큼은 다른 방법으로 이 상황을 타개할 수 있을 것 같았다.

"하압!"

짧은 기합성과 함께 뻗어낸 일격에 일순 천마의 동공이 흔들렸다. 그 안에 담긴 기운이 너무도 거대한 까닭이었다.

앞서 기운을 폭발시키던 것처럼, 지닌바 모든 기운을 그 안에 담아낸 것이다.

흐름을 끊어내는 게 아닌, 흐름 자체를 박살내는 일격이었다.

과거, 천마가 주로 하던 전투방식이기도 했다.

콰우우웅!

대기가 갈라지며 어둠이 길을 여는 게 보였다. 그 길의 외곽으로 겨우겨우 벗어난 천마가 눈살을 찌푸리며 자신의 손을 바라봤다.

핏물이 흥건한 손바닥이 보였다. 짜릿한 통증이 밀려들었다.

"정말… 제법인데."

이번에도 중첩으로 감당할 수 없는 힘의 폭발에 이화접목의 수법을 사용했다. 한 데에 응축되어 뻗어 나온 기운인 까닭에, 그의 손이 버텨내지 못하고 피범벅이 된 것이다.

"음?"

문득, 제튼의 기운이 급속도로 갈무리되는 걸 느꼈다. 무려 20년을 함께한 역사 덕분일까? 대번에 그의 의도를 파악할 수 있었다.

'이거야 원, 벌써 끝낼 생각인가.'

분명, 몸 상태가 정상이 아닌 건 맞았다. 하지만 그렇기 때문에 더욱 흥겨운 전투였다. 이 즐거운 시간이 벌써 막바지에 다다랐다는 생각에 아쉬움이 절로 샘솟았다.

"쯧… 미련이 남겠어."

나직이 중얼거린 천마가 자세를 바로잡은 채 제튼을 노려봤다.

검결지를 쥔 제튼의 모습에서 기이한 압박감이 느껴졌다. 굳었던 표정에 살짝 미소가 어렸다.

'달마삼검(達磨三劍)!'

그건 실로 신기한 일이었다.

'이곳 세상의 검술로 달마삼검을 깨닫다니.'

하지만 진짜 달마삼검은 아니었다. 그에게 달마삼검을 전수해준 적이 없기 때문이다. 단지, '닮아' 있을 뿐이었다. 저 검의 뿌리는 누가 뭐래도 이곳 세상의 검술에 닿아 있었다.

비록 그로 인해서 무림의 지식을 쌓고, 무림의 기예를 익히고, 무림의 신공을 깨우쳤다지만, 제튼은 이곳 세상의 검술을 기반으로 새롭게 기반을 쌓아올리고자 했다.

그렇게 해서 탄생한 것이 바로 저 세 개의 검식이었다.

'만류귀종(萬流歸宗)이라고 하지만… 이건 뭐, 크큭!'

웃음이 절로 나온다고나 할까?

'그러고 보니… 이름이 뭐였더라?'

문득, 달마삼검이라 칭한 저 검의 진짜 명칭이 생각났다.

'아! 없었지.'

그와 헤어지던 당시, 마지막으로 겨루던 그 무렵에 완성된 검이었다. 때문에 제튼 스스로도 이름을 붙이지 못했던 검이기도 했다.

〈무명검(無名劍)〉

때문에 이리 명명했던 게 기억났다.

'이제는 정했으려나.'

그리 생각하고 있을 때, 검이 움직였다.

'세 번째 검인가.'

번쩍!

한 줄기 섬광이 뻗어 나오는데, 그것은 어둠에 잠식되어 버린 세상을 너무도 선명히 가르며 다가왔다.

'달빛인가.'

생각과 함께 손을 뻗었다. 이미 준비하고 있던 중첩된 기운이 정면을 검게 칠해갔다.

······!

요란한 천둥성도 없었고, 아찔한 충격파도 없었다.

그저 한 줄기 달빛만이 남아, 칠흑과도 같은 어둠을 가르며 지나갈 뿐이었다.

"···큭!"

짧은 실소와 함께 신형이 떨어져 내렸다.

생애 첫 패배의 날이었다.

＊

그곳은 그야말로 피와 살육의 파라다이스였다.

약육강식(弱肉强食)!

이 단어가 가장 잘 어울리는 세상이지 않을까 싶었다. 때문에 더욱 자연스럽게 그곳의 삶에 녹아들 수 있었다.

강자존의 원칙은 그에게는 삶의 일부나 다를 게 없기 때문이었다. 오히려 반기고 싶은 세상이었다.

그곳에는 다양한 종족들이 있었고 수많은 강자들이 존재했다. 그래서인지 그들과의 전투는 그야말로 가장 재밌는 놀이였다.

하지만 영원한 놀이는 없는 것일까?

점점 놀이 대상이 줄어드는가 싶더니, 어느 무렵부터는 극히 소수만이 남아버렸다.

그나마 남아있는 이들과 즐겨보려 했으나, 재미없게도 그들은 상대를 해주려 하지 않았다.

하나 같이 각 지역의 패자들이라 불리는 이들이었고, 그런 만큼 자신들의 권위가 떨어지는 걸 두려워한 것이다.

"뭐, 내가 그 정도로 어마무지했다는 거지."

너무도 당당히 튀어나오는 자기자랑에 귀지가 튀어나오려 했으나, 이게 또 틀린 말이 아니기에 비웃을 수도 없었다.

'마왕인가.'

제튼은 천마의 이야기에 나오는 패자들의 정체를 유추하며, 차분히 이어질 내용에 귀를 기울였다.

"그래서 한동안은 다른 놀이나 하고 놀았지."

서큐버스를 비롯하여 마계에는 가슴에 불을 지피기에 충분한 미녀들이 어마어마했다. 그렇게 불장난에 한참 빠져있을 즈음이었다.

놈이 나타났다.

마계의 여러 군주들 중 한명으로써, 극강의 괴력으로 모든 것을 박살내는 파괴의 마왕이었다.

"이름이 재밌었지."

짧은 실소와 함께 내뱉은 이름이 참으로 의외였다.

우마왕!

실제로 그 정체가 미노타우로스라는 게 재밌는 부분이었다.

〈네놈이 새로운 왕을 자처한다는 놈이냐!〉

천마 스스로는 군주가 되겠다고 한 적이 없었으나, 워낙 강력한 그의 존재감으로 인해, 주변의 인식이 자연스레 그쪽으로 흘러가고 있었다.

"뭐, 슬슬 몸도 근질거리던 참이라서…."

옳거니 싶은 마음으로 "그렇다!"라고 외쳤고, 자연스레 둘의 전투가 시작됐다.

그것은 무려 세 번의 어둠과 세 번이 밝음을 거치는 시간 동안 이어졌고, 그렇게 네 번째 어둠이 찾아들던 순간 승부가 결정되었다.

"오랜만에 제대로 몸 좀 풀었지."

천마의 승리였다. 새로운 왕권이 세워지는 순간이었다.

"그놈이 생각보다 교활한 면이 있더라고."

패배가 확정되려는 찰나, 우마왕이 숨겨놨던 한 수를 내세웠다.

노예의 인!

뒷머리를 긁적거리던 천마가 슬쩍 자신의 왼쪽 귀 뒤편을 제튼에게 내비쳤다.

"이 육신이 알고 봤더니, 그 소대가리에게 소속된 마족이더라고."

마계에서도 손에 꼽히던 군주들도 천마를 회피하는 시점에, 굳이 찾아와서까지 싸움을 건 이유가 거기에 있던 것이다.

"그쪽 동네는 육신이 아니라, 영혼에 직접 인장을 새기거든."

원래대로라면 천마가 육신의 주인을 삼키면서 인장도 사라져야 옳았다.

하지만 상대가 나빴다.

마왕!

마계 내에서도 상위에 꼽히는 마왕이었다. 그런 존재의 인장이니만큼, 천마의 영혼에 그대로 전이되어버린 것이다.

"이게 참, 초기에 알아챘으면 문제가 없었을 건데. 쯧!"

안타깝게도 인장 역시도 천마와 함께 커버린 모양이었다.

〈내 뜻을 따르라!〉

당연하게도 우마왕의 명령이 떨어졌다. 하지만 쉬이 당할 천마가 아니었다.

"뭐, 대충 힘의 절반가량을 인장을 밀어내는데 쏟아 붓고 있는 중이지."

게다가 따로 우마왕이 부린 술수들을 통제하느라 또

다시 상당량의 힘을 소비해야만 했다.

"뭐, 덕분에 마계 생활이 아주 흥미진진해졌달까. 제법 엉기는 놈들이 늘었거든. 크하하핫!"

말은 이렇게 하나, 여전히 그는 마계의 절대자였다. 반의반도 못 되는 힘을 소유한 상태건만, 중첩을 통해 발휘하는 철권으로 인해, 여전히 그는 공포의 대상으로 통하고 있었다.

그 덕분일까?

천마를 품에 안은 우마왕의 권위는 순식간에 마계 최상위급으로 올라섰고, 자연스레 그 세력 역시도 마계에서도 손에 꼽히는 위치에 도달한 상태였다.

물론 그렇다고 해서 천마가 우마왕의 밑에 들어간 건 아니었다.

"뭐… 동등한 관계쯤 되려나."

애매하다면 애매할 수 있는 천마의 위치로 인해, 마계 역사를 통틀어도 몇 차례 없던 존재가 탄생해버렸다.

마계대공!

이는 다른 군주들도 인정할 수밖에 없는 부분이었고, 별다른 마찰 없이 대공의 자리에 앉을 수 있었다.

"그래서 하는 말인데."

대략적인 설명이 끝났을 즈음, 천마가 본론을 꺼내들었다.

"한 5년쯤 뒤에 중간계 침공이 있을 예정이다."

"……"

너무도 뜬금없는 이야기에 제튼의 사고가 일시적으로 정지해 버렸다. 이런 그를 향해 천마가 웃으며 말했다.

"우마왕 그놈이 요즘, 아주 기세가 등등하거든."

중간계에 시선을 돌릴 정도로 세력이 불어난 것이다.

"그런 의미로다. 제튼 반트. 네놈이 브라만 대공 역할 좀 맡아야겠다. 할 수 있지?"

태연한 그 물음에, 멍청하니 넋을 놓고 있던 제튼의 입이 열렸다.

"이런 미친…!"

다시금 전투가 시작됐다.

#5. 성자

#5. 성자

다행이라고 해야 할까?

어둠이 생각보다 빨리 물러간 것이다. 마르한은 안도의 한숨을 내쉬며 쓰게 웃었다.

'나이가 나이다 보니.'

오랜 시간 빛에 물들어 있기가 힘들었다. 체력적인 부담 감을 무시하기가 어렵기 때문이었다.

'그나저나….'

빛의 축복에서 내려와 다시금 현실로 돌아왔을 때, 주변 가득 엎드려있는 사람들의 모습에 또 다른 부담감이 가슴 을 억눌렀다.

간혹, 아주 가끔 고행의 길을 걷다가 보면, 이 같은 상황을 마주할 때가 있었다. 그럴 때면 괜히 낯 뜨거운 마음에 바삐 걸음을 재촉하고는 했다.

그리고 이 때문에 그의 명성이 크게 부각되지 못한 것이 기도 했다.

지금도 과거와 마찬가지로 자리를 피하고 싶은 마음이 가득 밀려오고 있었다.

'하지만… 그래서는 안 되겠지.'

이제는 과거와 다른 모습을 보여야 할 때였다.

'그 아이를 위해서라도.'

한참 아카데미 생활을 만끽하며, 소녀의 즐거움을 누리 고 있을 메리의 얼굴이 떠올랐다.

"오오! 엘 로우 힘!"

"엘 로우 힘!"

사람들의 기도소리가 귓속으로 파고들었다. 그 소리에 따라 재차 주변을 살피던 중, 아직 세상이 밝게 빛나고 있 다는 사실을 깨달았다.

시선을 올려보니 어느새 하늘은 달빛에 물들어가고 있 었다. 이상하다는 생각에 다시금 시선을 아래로 내리니, 여전히 시야가 밝게 빛나고 있는 게 아닌가.

하늘은 밤의 장막에 휩싸였건만, 이곳은 여전히 밝음이 었다. 의문이 꼬리를 물고 이어지는 와중에, 빛의 정체가 눈에 들어왔다.

'…성력인가.'

유난히 밝은 장소가 곳곳에 있었는데, 그 중심에는 항상 사제들이 서 있는 게 아닌가. 이를 통해서 빛의 정체를 알게 되었다.

이곳이 유난히 밝은 이유는 사제들뿐만 아니라, 병사들에게서도 빛이 흘러나오고 있기 때문이었다.

비록 사제들에 비해서 그 크기는 미약하였으나, 워낙 많은 수의 병사들이 하나 같이 빛의 잔재를 흩날리니, 자연스레 대낮처럼 밝은 분위기가 형성되는 것이다.

'어째서?'

의문 끝에 이어지는 해답은 의외로 당연한 것이었다.

신앙심!

저들 한명 한명이 신에 대한 믿음을 토대로 진실 된 기도를 하고 있는 까닭이었다.

'저들에게는 보이지 않는 걸까?'

왠지 다른 사제들은 이 신비한 현상을 보지 못하는 것 같다는 생각이 들었다. 오로지 그만이 이 풍경을 감상하고 있는 것 같았다.

문득, 이 빛의 물결 속에서 신의 이름을 외치면 어떨까 하는 생각이 들었다. 생각과 동시에 신의 이름이 터져나왔다.

"엘 로우 힘!"

파아아앗!

그 순간 거대한 금빛의 물결이 그를 중심으로 넓게 퍼져 나가기 시작했다. 그와 동시에 오로지 그만이 볼 수 있던 빛의 그림자가 병사들과 사제들의 눈에도 비쳐졌다.

"오오오오!"

"아아! 엘 로우 힘이시여."

사람들이 한층 높아진 목소리로 신의 이름을 외쳐 불렀다.

🔹

과연, 역시나라고 해야 할까?

'두 번은 무리라는 건가.'

조금은 장난스럽게 시작됐던 두 번째 격돌은 이내 진심으로 이어졌고, 뒤이어 피 튀기는 2차전이 시작되었다.

연달아 두 번의 패배는 납득하지 않으려는 듯, 이번에는 천마도 아낌없이 자신의 절기를 내비쳤고, 결국 두 번째 전투는 제튼의 패배로 끝을 맺어야만 했다.

"허억… 헉… 커허업!"

숨을 고르고 싶어도 너무 격한 전투로 인해 쉬이 호흡이 이어지질 않았다. 때문에 절로 바닥에 머리를 묻은 채 가슴을 진정시키는 걸로도 정신이 없을 지경이었다.

"이… 빌어먹을… 미친……."

온갖 욕설들이 목구멍을 타고 넘어왔다. 그 분노의 힘을 빌려 힘겹게 전방을 바라보니, 그와 마찬가지인 몰골로 헐떡이는 천마의 모습이 보였다.

두 번째 승부는 실로 간발의 차이였다. 그의 시선을 느낀 듯, 천마가 이를 드러내며 웃었다.

"크… 크하… 커헉… 카학! 칵!"

하지만 그 역시 정상은 아니기에 제대로 된 웃음이 나올 리가 없었다. 오히려 웃다가 숨이 넘어갈 상황이었다.

겨우겨우 호흡을 고르고 가슴을 진정시키고 난 뒤, 서로의 몰골을 확인하니 그야말로 가관이 아니었다.

옷은 넝마가 다 되어있었고, 곳곳에 새겨진 깊은 상처들로 인해 전신은 핏자국으로 가득했으며, 서로가 지닌 기운의 여파로 인해 부어오른 얼굴과 어긋난 뼈마디는 그야말로 중환자의 표본이었다.

"아… 이 미친 또라이 새끼!"

제튼의 가벼운 욕짓거리에 천마가 실실 웃으며 말을 받았다.

"그러게 누가 덤비래."

확실히 이번에는 제튼이 먼저 달려든 게 맞기는 했다. 하지만 그 시발점이 되는 건 천마의 되도 않는 발언이 아니던가.

"비겁한 놈!"

뜬금없는 그의 발언에 천마가 어깨를 으쓱이며 말했다.

"쓸 수 있는 무기는 전부 사용하는 거다."

'망할 놈! 거기서 마법이 튀어나올 줄이야.'

천마가 내세운 비기 중에는 고위의 마법들 역시 포함되어 있었고, 이 갑작스러운 마도의 개입은 2차전의 결과에 지대한 영향을 끼치고야 말았다.

와락 인상을 구기고 있던 제튼이 한숨과 함께 표정을 풀며 천마에게 물었다.

"굳이 브라만을 찾는 이유가 뭐냐?"

당연한 그의 질문에 천마도 당연하다는 듯 대답했다.

"현 대륙 최강이니까."

이 시대를 대표하는 강자. 그게 바로 브라만 대공이었다.

"그게… 그렇게 중요한 거냐?"

이어진 물음에 천마가 한쪽 입 꼬리를 올리며 물었다.

"설마, 몰라서 묻는 건 아니지?"

제튼의 표정이 살짝 굳어졌다.

"…영웅인가."

"그래. 바로 그거지."

브라만 대공이 비록 타국에서야 마왕에 사신이라는 명칭으로 불린다지만, 제국에서는 전쟁영웅이라고 불리는 절대자가 아니던가.

드래곤의 선택을 받아 탄생한 전통적인 영웅은 아니지

만, 이 시대를 대표하는 영웅이라는 건 분명했다.

"브라만의 이름 아래 힘을 모으는 거다."

자꾸만 언급되는 불쾌한 이름에 제튼의 표정이 점차 굳어가고 있었으나, 이를 아는지 모르는지 천마의 이야기는 쉴 새 없이 이어져갔다.

"이런 상황에서 전쟁이라니. 정말 기막힌 타이밍이야."

오히려 힘을 모아야 할 때, 힘이 분산되고 찢겨지는 전쟁을 반기는 이유가 무엇일까?

"역시 전쟁영웅의 복귀에는 전장이 가장 어울리지."

결국은 브라만으로 귀결되는 이야기에 결국 제튼의 얼굴이 구겨져버렸다. 당장이라도 달려들고 싶은 마음이 가득이었으나, 이미 두 번의 전투로 진이 빠져버린 까닭에, 가까스로 화를 삼킬 수 있었다.

그렇게 가슴을 달래며 또 다른 의문을 입 밖으로 꺼내들었다.

"굳이 이런 사실을 알려주는 이유가 뭐지?"

마계침공부터 이에 대한 방비책까지 언급하는 이유가 궁금해졌다. 질문에 잠시 턱을 쓸던 천마가 비릿한 미소를 지은 채 물었다.

"내가 왜 여기 있는지 아냐?"

당연히 알 리가 없었다. 제튼이 고개를 젓는 모습에 천마가 여전한 미소를 그린 채 답을 내어놨다.

"정찰이다. 정찰. 큭!"

중간계에 대한 사전 조사가 바로 천마의 역할이었다.

"감히 이 천마를 그따위 역할로 써먹다니. 큭큭큭큭!"

웃고 있으나 그 미소는 결코 기쁨에 차있지 않았다. 우마왕은 반인반마인 천마의 상태를 언급하며, 굳이 그에게 중간계의 정찰을 지시한 것이다.

때문에 그를 골탕 먹이려는 속셈으로 이곳에 넘어왔다.

"그는… 네가 이곳을 거쳐서 간 걸 모르냐?"

제튼의 의문에 천마가 고개를 끄덕이며 답했다.

"굳이 그런 사실을 알려 줄 의리도 없으니까."

"그래도 용케 정찰을 허락했네."

"뭐, 거절해도 상관없지만, 오랜만에 이 동네 구경도 하고 싶었으니까. 게다가 내가 없는 동안에 어떤 수작질을 꾸밀지도 기대가 되고."

모르긴 몰라도 천마가 없는 사이, 우마왕은 그 나름대로 수족들의 충성심을 새로이 시험하고 있을 터였다.

은연중에 천마를 따르고자 하는 무리들이 늘어나고 있기 때문이었다.

'그 사이에 얼마나 변해있으려나. 이걸로 옥석을 가려낼 수 있겠지.'

우마왕의 의도를 알고 있으면서도 정찰 임무를 따른 실질적 이유이기도 했다. 누가 남고 누가 떠나는지, 이 기회를 통해 확인하고자 하는 것이다.

"그래서 우마왕이라는 놈이 맘에 안 들어서 이쪽을 도와주겠다. 뭐, 그런 거냐?"

"그런 거지. 그래서 어떻게 할래?"

"뭘?"

"브라만. 연기 할 거지?"

천마의 물음에 제튼이 두 눈을 감았다. 당연히 할 거라고 여겼던 제튼이 침묵으로 응수하자 천마의 표정이 살짝 굳었다.

"다른 것도 아니고 대륙의 평화를 위한 일인데. 설마, 못하겠다는 건 아니지?"

이어지는 물음에도 제튼은 눈을 뜨지 않았다. 꾹 다문 입술 역시도 열릴 생각이 없어 보였다. 이런 제튼의 모습에 결국 천마도 침묵을 지키며 그의 대답을 기다렸다.

얼마나 지났을까. 천마의 양 미간에 슬슬 주름이 올라오려 할 즈음, 제튼의 감겼던 눈이 떠지고 닫혔던 입이 열렸다.

"내 시대는… 브라만의 시대는 끝났다."

십여년 전 그의 은퇴와 함께 브라만의 역사서는 집필이 끝난 것과 같았다.

"지금은 새로운 시대다."

은퇴 후 10년이 넘게 흘렀다. 브라만의 이름값은 더 이상 현재의 것이 아니었다. 다시금 발발한 전쟁이 그 증거였다.

"새 시대에는 새로운 영웅이 필요한 법이지."

제튼은 그 영웅의 재목들을 여럿 알고 있었다. 하지만 안타깝게도 천마는 그 재목들을 전혀 몰랐다.

"그래서, 안 나설 생각이냐?"

천마의 물음에 제튼이 고개를 끄덕이며 답했다.

"애초에 브라만은 영웅하고는 거리가 먼 사람이다."

차라리 사신이나 마왕에 가까웠다.

"쯧! 고집불통 같으니."

맘에 안 든다는 듯, 연신 혀를 차면서도 더는 강요하지 않았다.

'뭐, 상황이 되면 나설 수밖에 없겠지.'

제튼의 성격을 알기에, 결국에는 움직일 것이라는 걸 알고 있었다. 단지 좀 더 확실히 하기 위해 직접적인 언급을 한 것이었다.

마계의 상황을 전한 것으로도 최소한의 목적은 달성했다고 볼 수 있었다.

"그런데… 혹시 새로운 영웅이라는 놈들하고 아는 사이냐?"

조금 전, 제튼의 말투에서 왠지 그런 느낌을 받았기에 이리 묻는 것이다. 이에 제튼이 쓰게 웃으며 고개를 끄덕였다.

"어떤 놈들인데. 실력은 쓸 만 하냐? 잘 아는 놈들이냐?"

천마의 질문이 이어질수록 제튼의 얼굴에 균열이 커져 갔다.

"여자도 있냐?"

마지막 질문까지 이어졌을 때, 결국 제튼이 폭발했다.

"죽인다!"

이 갑작스런 상황에 천마가 얼굴 가득 의문을 내비치는데, 이어진 제튼의 외침이 적잖게 당혹스러웠다.

"감히 내 딸을 넘봐!"

"뭐?"

깜짝 놀란 듯, 눈을 동그랗게 뜨는 천마를 향해 제튼의 검결지가 뻗어졌다.

3차전의 시작이었다.

❖

"누가 내 이야기를 하나?"

남매가 동시에 고개를 갸웃거리며 귀지를 파는 모습에, 한 차례 웃음을 흘린 셀린이 두 아이를 향해 물었다.

"어때 입맛에 맞니?"

이에 두 아이, 케빈과 메리가 동시에 고개를 끄덕이며

답했다.

"예."

"최고예요!"

가족기숙사는 생활공간으로 활용해도 될 만큼 널찍한 만큼 주방도 함께 딸려있었는데, 이를 본 메리가 오랜만에 모친의 음식이 먹고 싶다고 하여, 아카데미 첫날 저녁은 손수 만든 요리로 해결하는 중이었다.

오랜만에 먹는 모친의 음식이라서 그럴까? 남매는 더욱 입안이 즐거워지는 기분으로 흥겹게 식사에 집중할 수 있었다.

이런 두 남매, 특히 그 중에서도 케빈의 얼굴을 뚫어져라 바라보는 제니의 모습에, 셀린이 고개를 절레절레 흔들며 말했다.

"안 먹니?"

"먹어야지."

대답은 그렇게 하고 있으나 시선은 여전히 케빈에게서 떨어질 줄을 몰랐다.

이런 제니의 태도가 부담스러울 법도 하건만, 이미 익숙해진 듯, 케빈은 태연히 식사에 집중하고 있었다.

'오랜만에 보니까 더 멋있어!'

여전한 제니의 행동에 재차 고개를 흔들던 셀린의 표정에 옅은 그늘이 내려앉았다. 비어있는 자리를 본 까닭이었다. 원래대로라면 제튼이 앉아있어야 할 자리였다.

〈잠시, 다녀올게.〉

정확히 어디를 간다고는 말하지 않았지만, 출발 전 남편의 표정이 그리 좋지만은 않던 걸 생각하니, 아무래도 걱정되는 마음을 감추기가 어려웠다.

하지만 아이들에게 들킬 수는 없기에, 빠르게 그늘을 감춰야만 했다. 다행히도 들키지 않은 듯, 아이들은 식사에 집중하고 있었다.

그새 다 먹은 것인지, 제니의 접시가 비어있는 게 보였다.

"더 먹을래?"

아직 입안에 음식이 가득 든 탓에, 고개를 끄덕이는 것으로 대답을 대신하는 메리의 모습에 살포시 웃은 셀린이 주방으로 향하는데, 그 뒤를 케빈이 따라왔다.

뭔가 싶어서 바라보니, 어느새 비운 듯 빈 접시를 들고 있었다. 재차 웃음지은 셀린이 케빈을 향해 물었다.

"더 줄까?"

"예."

헌데, 재차 케빈을 살피니 그 뒤를 제니가 졸졸졸 따라오고 있는 게 아닌가. 이 모습에 셀린의 눈살이 절로 찌푸려졌다.

"넌 왜?"

이에 제니가 히히 웃으며 접시를 보여줬다. 조금 전까지만 해도 가득 차 있던 접시가 어느새 비어있었다.

'어느 틈에….'

깜짝 놀라는 셀린의 모습에 제니가 재차 웃으며 말했다.

"나도 더 줘. 기왕이면 오빠가 담아 주라. 애정 듬뿍!"

그 말에 케빈이 살짝 미소 짓는가 싶더니, 이내 음식을 산처럼 쌓아줬고, 과도한 애정에 제니는 일찌감치 자리에 누워야만 했다.

　

별의 영역에 오른 감각 때문일까? 본의 아니게 괴물들의 전투를 엿볼 수 있었고, 그로 인해 매 순간순간 몸살이 난 듯 온몸을 부르르 떨어야만 했는데, 그나마 다행인 건 실제로 전투를 보는 게 아니라, 감각으로 일부나마 흔적을 느끼는데서 그친다는 점이었다.

'그런 전투는 코앞에서 보면, 제 명에 못살지.'

재차 몸을 부르르 떤 세바르는 바삐 누렁이를 재촉했다. 잠시 멈춘 것인지, 아니면 아예 끝난 것인지는 모르겠으나, 감각을 자극하는 느낌이 더는 밀려들지 않았다.

이 틈에 최대한 이곳에서 멀어지고자 하는 것이다.

음머어어…

갑작스런 재촉에 놀란 듯 했으나, 비싼 값을 하는지 누렁이는 충실히 발끝에 힘을 더해주고 있었다.

"어디 가니?"

하지만 얼마 지나지 않아 짐칸에서 들려온 음성에 화들짝 놀라며, 고삐를 당겨야만 했다.

음머어어어어……

누렁이가 깜짝 놀라서 크게 울부짖으며 멈춰 섰다.

'설마….'

마른침을 삼킨 세바르가 조심스레 짐칸으로 고개를 돌리는데, 아니나 다를까. 조금 전 그를 괴롭히던 그 아찔한 감각의 주인공이 짐칸에 앉아있는 게 아닌가.

넝마가 되어있는 복장과 군데군데 얼룩져 피멍이 든 얼굴을 통해, 치열한 전투의 흔적을 엿볼 수 있었다.

"어딜 그리 바쁘게 가시나?"

짐칸의 사내, 천마가 던져오는 물음에 세바르가 어색하게 웃으며 시선을 피했다. 찔리는 게 있는 까닭이었다. 이런 그의 모습에 천마가 실실 웃으며 그를 응시하고 있었는데, 이대로는 안 되겠다 싶었던지 급히 화제전환을 시도했다.

"혹시, 대공을 만나고 오신 겁니까?"

하지만 천마는 대답 대신 의미심장한 미소를 지어보일 뿐이었다. 마치, 네 의도를 알고 있다는 느낌을 주는 까닭에, 괜히 입술이 바싹 타는 것 같은 기분이었다.

"큭!"

짧은 실소와 함께 천마가 응시하던 시선을 거뒀다.

"뭐, 네놈 예상대로지."

흔쾌히 화제전환에 응해주는 천마의 모습으로 겨우 한숨 돌릴 수 있었다. 이때다 싶은 세바르가 급히 질문을 이었다.

"어떻게… 된 겁니까?"

천마의 몰골에 대해 묻고 있는 것이었는데, 이에 대한 대답이 또 의외였다.

"네 생각은 어떻게 된 것 같니?"

아찔한 질문이었다. 여기서 잘못 답했다가는 호되게 당할 수도 있다는 불안감이 등줄기를 타고 올랐다.

재차 마른침을 삼킨 세바르가 조심스레 답을 꺼내들었다.

"한 판… 하고 오신 것 같으신데요."

"맞다."

웃으며 고개를 끄덕이는 천마의 모습에 내심 안도의 한숨을 내쉴 때였다.

"그럼, 누가 이겼을까?"

이어지는 질문에 머리가 하얗게 비는 기분이었다. 대공의 손을 들자니 눈앞의 천마가 무섭고, 그렇다고 천마의 손을 들자니 대공 역시도 두려웠다.

눈앞에 없는 대공보다는 당장 현실의 천마를 생각하며 그의 손을 드는 게 정답이겠으나, 내부 깊숙이 각인 된 대공에 대한 공포심과 경외심이 말문을 막아버리는 것이다.

"그… 글쎄요."

결국 내놓을 수 있는 절충안은 이게 전부였다. 이 모습에 천마의 표정이 일순 굳어졌고, 그에 맞춰 세바르의 속은 바싹 타들어가고 있었다.

이런 그의 모습을 무표정으로 응시하는가 싶던 천마가 돌연 실소와 함께 입 꼬리를 말아 올렸다.

"짜식. 쫄았냐? 귀엽게 군다. 큭!"

그제야 지금까지의 행동이 장난이라는 걸 알 수 있었다.

'망할 개….'

욕짓거리가 목구멍 위까지 치고 올라왔으나, 애써 삼켜내야만 했다. 자칫 말 한마디 잘못 내뱉었다가 장난이 아니게 되는 상황은 피하고 싶은 까닭이었다.

침을 꼴깍 삼키며 울분도 함께 삼켜내는 세바르의 모습에 재차 실소를 터트린 천마가 손을 휘휘 흔들었다.

세바르는 며칠간의 경험을 통해 저 동작이 할 이야기가 끝났다는 뜻인 걸 알게 되었다. 가볍게 고삐를 당기자 누렁이가 짧은 울음과 함께 다시금 길을 출발했다.

'고놈 참. 놀리는 맛이 있다니까.'

그 모습을 잠시 지켜보던 천마가 슬쩍 하늘로 시선을 날려 보냈다.

〈새 시대에는 새로운 영웅이 필요한 법이지.〉

제튼과 나눴던 대화가 떠올랐다.

'제자란 말이지.'

새로운 영웅 후보라며 이야기해줬던 아이들의 이야기가 생각났다. 제튼 스스로는 숨기려고 했으나, 세 번째 전투의 시작이 그로 인한 것이기에, 자연스레 이 부분에 대한 이야기가 오가게 될 수밖에 없었다.

'평생 혼자서 안고 갈 줄 알았더니. 큭!'

제튼은 그로 인해 습득한 지식과 무공들은 무덤에 갈 때까지 내어놓지 않을 것이라고 여겼건만, 이런 예상을 깨버린 것이다.

게다가 검을 계승한 아이들의 숫자 역시 의외였다.

'다섯이나 될 줄이야.'

실질적인 제자는 쿠너 한 명 뿐이고, 다른 네 명의 아이들은 가족관계를 통한 계승이었으나, 그렇다고는 해도 허투루 가르친 게 아님을 알 수 있었다.

의외인 건 이뿐만이 아니었다.

"크큭!"

생각만 해도 우스운지 절로 실소가 새나왔다. 이에 깜짝 놀란 세바르가 뒤를 돌아봤으나, 손을 휘휘 흔들며 별 것 아니라는 태도를 보여줬다.

그러며 재차 제튼에 대한 생각을 이어나가는데, 다시 생각해도 우스운지 재차 실소가 터져 나왔다.

'큭큭큭! 평생 땅만 파먹고 살 줄 알았더니.'

직업이 또 의외였다.

'아카데미 검술선생이라니.'

자신의 검을 홀로 안고 갈 생각이었던 제튼에게는 가장 최악의 직업이라고 할 수 있었다.

이미 계승자가 5명이나 된다는 부분에서 스스로가 내건 제약은 깨진 것이지만, 그렇다고는 해도 검술선생은 너무 과한 제약해지였다.

'그나저나….'

천마의 머릿속으로 제튼에 대한 생각이 일부 씻겨나가며, 새로운 음영이 드리워졌다.

'…카이든이라.'

제튼의 검을 계승받은 아이들 중 한명의 이름이 유독 머릿속에 남았다.

얼굴조차 모르는 아이였다. 하지만 왠지 모르게 관심이 가는 이유가 뭘까?

그가 뿌린 씨앗이라서?

'큭! 그건 아니지. 아니… 그런 마음도 조금은 있으려나.'

이미 경계를 넘어 인간의 영역을 한참이나 벗어나버린

지금, 그는 감정적인 부분에서도 일반적인 부분 바깥에 위치하고 있다는 걸 느끼고 있었다.

흔히 드래곤들은 유희에서 보낸 삶을 자신의 것으로 포함시키지 않는다고 한다. 그 삶이 끝나는 시점에서 이미 그것은 타인의 삶으로 인정한다는 것이다.

그 삶에서 함께한 가족이나 친인척 동료들이 외부의 대상으로 남는 것이다.

마치 하나의 이야기책처럼, 따로 분류한다고 볼 수 있었다. 물론, 완전히 외면하는 것도 아니었다. 개중에는 마지막까지 마음에 남는 이야기도 있었고, 그런 부분은 한 가닥 인연의 끈을 남겨놓기도 했다.

천마에게는 제튼이 바로 그런 의미였다. 그렇다면 카이든의 존재는 어떤 의미를 지니고 있는 것일까?

이 역시 생각보다 빠르게 답이 나왔다.

'천마신공이겠지.'

제튼 외에 처음으로 남긴 천마신공이었다. 특히, 제튼의 경우에는 그가 '전했다'라고 하기에는 무리가 있었다.

게다가 제튼은 그의 공부를 부정하는 경향이 강하기에, 실질적인 천마신공의 계승자는 오히려 카이든이라 볼 수 있는 것이다.

천마신공을 전수했다고는 하나, 제대로 가르친 건 아니었다. 때문에 제튼이 손을 쓸 수밖에 없었다고 들었다.

본의 아니게 그와 제튼의 합작으로 탄생한 존재라고 할 수 있는 게 바로 카이든이었다.

그 때문일까?

원래대로라면 이대로 좀 더 대륙이나 돌아보며 옛 여인 들이나 한 번씩 만난 뒤 마계로 돌아갈 생각이었는데, 카 이든에 대한 호기심이 생겨나 이처럼 세바르의 수레로 돌 아온 것이다.

'얼마나 완성됐으려나.'

카이든의 천마신공에 대한 궁금증에 절로 수도행이 기 대됐다.

오랜만에 화끈한 전투를 치른 덕분일까? 자리에 눕기가 무섭게 졸음이 밀려들었다.

음머어어어어…

누렁이의 울음소리가 자장가마냥 밤하늘로 울려 퍼져 갔다.

◈

걸음마를 떼자마자 질주를 시작하는 장면을 보는 기분 이랄까?

'얼마 전까지 환자였다는 게 믿기지가 않네.'

쿠너는 새삼스런 얼굴로 연무장에서 훈련중인 기사들을

바라봤다.

말이 좋아서 환자지 실질적으로는 폐인이나 다름없었던 그들이건만, 어느새 안색을 되찾는가 싶더니, 이제는 강건한 한명의 기사로 우뚝 서 있는 모습을 보여주고 있었다.

특히, 치료 초반에는 그저 기백만으로 그를 놀라게 했던 모습뿐이었다면, 이제는 그 기세마저도 경악스러울 만큼 자극적인 모습으로 변해있었다.

별의 영역에 오른 쿠너의 위치를 생각해 본다면, 이는 실로 놀랍다는 말로도 부족한 수준이라 할 수 있었다.

'과연… 대공의 기사!'

아직까지는 추측일 뿐이었으나, 스승의 존재에 대해 거의 확신을 가지고 있는 상황이었다.

'지금 이 상태가 회복단계라니.'

헛웃음만 나올 정도로 그들의 성장속도는 어마어마했다. 본신의 능력을 되찾는다고 할 수 있는 과정이라고는 해도, 그 속도가 너무 빨랐다.

이는 쿠너가 알지 못하는 그들의 연공과정으로 인한 것으로, 과거에 이미 마공이라는 특수한 연공과정을 통해 급속성장을 이룬 바 있기에, 지금과 같은 회복이 가능했다.

게다가 이미 폐인으로 지내는 시기에 그들 나름대로 이

런저런 가설도 세워 보았고, 거기에다 앞서 길을 열었다고 할 수 있는 브로이의 도움도 꾸준히 받는 탓에, 그 속도가 기이할 정도로 빠를 수 있는 것이었다.

'저분들의 치료가 끝난다면….'

어떤 결과가 나올지 상상하는 것만으로도 그 나름의 즐거움이 있었다.

왠지 뿌듯한 얼굴로 기사들의 훈련을 지켜보는 쿠너의 모습에, 브로이 역시도 기분 좋은 미소를 입가에 그리며 고개를 끄덕였다.

'이대로라면 저 녀석들도 자연스럽게 쿠너를 인정하게 되겠지.'

사실, 이미 상당수가 쿠너를 인정하고 있는 분위기이기는 했다. 단지 아직까지는 대공의 그림자가 너무도 짙어, 좀 더 시간이 필요할 뿐이었다.

완치가 되고, 과거에서 한 걸음 더 나아간 모습을 확인하게 된다면, 분명 쿠너에게 완전히 마음을 허락할 것이라고 여겼다.

그리고 제국은 보이지 않는 칼을 하나 더 세우게 될 터였다.

'아니지. 방패이려나.'

쿠너의 성격을 생각해본다면 공격적인 칼보다 수비적인 방패가 더 어울리는 느낌이었다.

그리고 그 시기가 온다면,

'그분과도 만나게 되겠지.'

쿠너의 스승 제튼이 아닌, 제국의 영웅 브라만 대공이 쿠너의 앞에 모습을 나타낼 터였다.

'어떤 반응을 보이려나.'

이미 스승의 정체에 대해 짐작하고 있는 것 같기는 했다. 하지만 그렇다고 해도 직접 눈으로 확인하는 것과는 차이가 있을 수밖에 없었다.

옛 전우들의 회복소식 못지않게, 그 날을 기다리는 것 역시, 브로이에게는 소소한 즐거움이었다.

❖

자신의 몰골을 아는 까닭에, 최대한 조심스럽게 들어가려다가, 감각에 느껴지는 방안의 풍경을 알고는 뒷걸음질을 쳐야만 했다.

하지만 이내 나직한 한숨과 함께 안으로 걸음을 옮겨야만 했다.

'역시….'

침상에 앉아서 기다리고 있는 그녀, 셀린의 모습에 절로 쓴웃음이 나왔다.

"기다렸어?"

주저하다 내뱉은 물음에 그녀의 표정에 균열이 이는 게 보였다.

"얼굴이… 그게 뭐야?"

최대한 시선을 안 마주치며 얼굴을 안 비치려 고개를 숙이고 있었건만, 방 안에 설치된 마나등으로 인해 그의 몰골이 선명이 드러나고야 말았다.

'천마, 이 망할!'

상대가 상대다 보니 자연치유력에 한계가 있었다. 게다가 마계에서 건너온 마기의 영향인지, 사람에게는 좋지 않은 영향력을 품고 있었다.

다행스럽게도 그의 천마신공 역시도 마기를 품은 까닭에, 그나마 치명적이지는 않았다.

"어쩌다가 그렇게 된 거야?"

걱정이 가득담긴 그녀의 음성과 눈동자, 그리고 표정에 제튼이 머릿속으로 복잡한 생각들이 교차했다.

하지만 이내 그 모든 '변명거리'를 내던지며, 하나의 단어를 꺼내들었다.

"천마…를 만나고 왔어."

그녀의 동공이 커지는 게 보였다.

예상했던 반응이었다. 하지만 더 이상 그녀에게는 거짓을 말하기가 싫었기에, 과감히 진실을 밝힌 것이었다.

너무도 놀라운 이야기에 잠시간 흔들리던 셀린이었으나, 이내 한 줌의 한숨과 함께 차분히 감정을 어루만지는 것이 보였다.

쉽지 않았으나, 생각보다 빠르게 감정정리를 마친 셀린이 제튼을 바라보며 물었다.

"어떻게 됐어?"

이미 제튼의 몰골과 그에게 들었던 과거를 통해, 그들 사이에 벌어졌을 사건을 짐작할 수 있었고, 그 때문에 이리 묻는 것이었다.

제튼이 쓰게 웃으며 답했다.

"이겼어."

통쾌한 대답이어야 하건만, 표정에 묘한 여운이 남아 있었다. 셀린이 얼굴 가득 의문을 남길 때, 제튼의 이야기가 이어졌다.

"한 번."

말인 즉, 두어 차례 더 승부를 가렸다는 의미였다.

"정확히 1승 2패지."

패가 한 번 더 많았다. 때문에 저런 표정을 지어보이는 것이었다. 하지만 의외라는 생각이 들었다. 다음이라도 혹, 다시 만나게 된다면, 필히 생사를 가를 것 같다고 여겼건만, 무려 세 번이나 승부를 나눴다니.

'미운 정이라는 게 쌓인 거려나.'

그나마 내어놓을 수 있는 해답이었다. 동시에 다행이라는 생각이 들었다.

그래서 그에게 다가갔고, 그가 무어라 말하기도 전에 깊숙이 껴안았다.

"어… 어?"

품 안에서 제튼이 당황하는 소리가 들렸다.

그도 그렇게 몰골이 심각하다는 의미는 먼지도 먼지지만, 그 이상으로 많은 핏자국들 역시도 무시하기가 어렵다는 의미였다. 나름대로 정리를 한다고는 했으나, 그래도 남아있는 상처의 흔적들은 어쩔 수가 없었다.

이런 흔적이 셀린에게 묻어난다는 생각에 당황한 것이었다. 하지만 이유가 있겠거니 하며 잠시 그대로 있었다. 게다가 지친 육신에 따뜻한 온기가 밀려드니, 선뜻 피하기가 쉽지 않았다.

"다행이야."

문득 들려오는 그녀의 음성이 부드럽게 귓가를 어루만졌다. 그녀가 어떤 마음으로 이 같은 말을 했는지는 금세 짐작할 수 있었다.

'확실히… 내가 좀 심하기는 했나.'

과거 이야기를 할 때, 특히 천마에 대해 말할 당시에는 그의 말투나 표정 등이 생각보다 딱딱하고 거친 느낌이 있었다.

아마도 이 부분이 셸린을 경직되게 한 것이리라.

"고마워."

뒤이어 들려오는 셸린의 음성이 재차 가슴을 다독였다.
이번에도 단번에 그 의미를 파악할 수 있었다.

〈무사히 돌아와 줘서… 고마워.〉

왠지 온몸이 나른해지며 당장이라도 잠에 빠져들 것 같
은 온기였고, 향기였으며, 공기였다. 그 때문에 스르륵 눈
이 감기려는데, 돌연 셸린이 그를 떼어내며 말했다.

"그래서 어떻게 된 건데?"

조금 전까지의 그 포근한 분위기는 마치 거짓이었다는
듯, 매섭게 눈을 치켜뜬 그녀가 제튼을 향해 물어오고 있
었다.

'어라?

졸음이 확 달아나는 느낌이랄까?

조금 전까지는 무사한 것에 대한 다독임이었다면, 지금
부터는 위험한 일을 한 남편에게 한바탕 바가지를 긁어 줄
시간이었다.

"말해 봐."

그녀의 날카로운 눈빛이 제튼을 정면으로 응시했다.

"하나도 빠짐없이 다!"

왠지 모를 한기에 제튼은 마른침만 삼킬 뿐이었다.

역시나라고 해야 할까?

"제정신이야?"

예상했던 반응이 나왔다. 슬쩍 시선을 피하는 제튼의 모습에 셀린의 눈에서 불이 뿜어져 나왔다.

"한 눈 팔지 마!"

'끄응….'

앓는 소리를 애써 삼키며 셀린에게로 시선을 돌려야만 했다.

"뭐? 애들을 뭐가 어째?"

자꾸만 높아져가는 그녀의 음성에 제튼이 조심스레 입을 열었다.

"그러다 제니 깨면 어쩌려고 그래."

생활공간이 가능한 기숙사답게, 그들 부부의 방과 제니의 방은 따로 떨어져 있었다. 때문에 이처럼 그들만의 시간을 가지는 게 가능했던 것이기도 했다.

제튼이 조심스레 내뱉은 이야기가 화를 돋운 것일까? 셀린의 얼굴에 언뜻 홍조가 이는 게 보였다.

"애들 생각하는 사람이 그딴 말을 해?"

당연하게도 이어지는 반응이 날카롭고 매섭다 못해 무서웠다. 이미 바가지를 긁는 수준을 벗어난 것 같은 기분이었다.

그 서릿발 같은 기세에 놀란 듯, 제튼이 급히 시선을 내리깔았다.

"미… 미안."

앞서 제니를 언급하기는 했으나, 애초에 딸아이가 깰 일은 없었다. 이곳 방을 중심으로 이미 그의 오러막이 펼쳐져 있는 까닭이었다.

때문에 이곳에서 나는 소음이 밖으로 흘러나갈 전혀 일은 없었다.

"당신은… 대체, 어떻게 애들에게 그런 위험한 일을 시키려는 생각을 할 수가 있어?"

그녀가 이리 분노하는 이유는 간단했다. 천마와 나눴던 이야기들을 고스란히 전했기 때문이다. 그 내용 속에는 아이들에 관한 부분도 들어 있었고, 당연하게도 그녀의 분노가 폭발하는 계기가 될 수밖에 없었다.

'드래곤? 마계? 마족? 마왕?'

워낙에 스케일이 큰 이야기가 자꾸 이어지는 까닭에, 잠시 정신을 놓을 뻔 했던 그녀였으나, 아이들과 관련된 내용이 나오는 순간부터 날아갔던 정신이 빠르게 복귀하기 시작했다.

"새 시대의 영웅? 그런 위험한 걸 왜 아이들이 해야 하는 건데?"

그녀의 물음은 부모로써는 당연히 가져야 할 의문이었고 분노였다.

"당신이 대신…."

막 내뱉으려던 이야기가 문득 막혀버렸다. 제튼의 과거를 아는 까닭이었다.

〈대신 해결해주면 안 돼?〉

피로 얼룩진 20년을 살아온 제튼이었다. 그런 그에게 다시금 피를 보라고 한다?

'안 돼!'

그럴 수는 없었다. 하지만 아이들에게 그 길을 이어가게 하려 한다는 것 역시 이해할 수 없는 일이었다.

이런 그녀의 마음을 아는지, 제튼이 침울해진 얼굴로 그녀의 말을 이어받았다.

"…내가 대신 해결해주고 싶은 마음도 있어."

하지만 이번에 천마를 만나고, 그와 이야기를 나누면서 알게 되었다.

그 아이들의 운명이 어디에 있는지.

'마르한 영감님.'

천마와의 전투 중, 그의 기운을 느꼈다. 앞서도 이미 크고 밝게 빛나던 그의 기운이 전에 없이 만개하고 있었다.

그와 동시에 떠오르던 얼굴들이 있었다.

'메리….'

그리고 케빈.

두 아이의 얼굴이 자연스럽게 머릿속을 채운 것이다. 어쩔 수가 없었다. 마르한을 통해 메리의 정체를 들은 까닭이었다.

〈그 아이는 빛의 축복을 받았다네.〉

어떤 의미를 품고 있는지는 대번에 알 수 있었다.

'성녀.'

신의 사랑을 듬뿍 받은 성스러운 여인. 마르한은 메리를 그리 칭하고 있었다.

천마가 언급했던 마계와 마왕 그리고 침공이라는 단어의 끝에서, 메리와 케빈의 존재를 떠올리고야 말았다.

물론 세상의 위기에만 성녀가 존재했던 건 아니었다. 사실, 세상의 위기 보다는 신의 뜻을 세상에 전하기 위해 존재했던 시기가 더 많았다.

때문에 마르한의 이야기를 듣고도 이 같은 생각을 한 적은 없었다. 거기까지 생각하던 제튼이 고개를 절레절레 흔들며 앞서의 생각을 일부 부정했다.

'…불안감 정도는 있었지.'

단지, 외면하고 있었을 뿐이었다. 하지만 천마를 만남으로써 그 불안감의 실체를 확인하게 되었다.

또한, 케빈이 무엇 때문에 그런 특별한 체질이 되었는지도 알 수 있었다.

어설피 열려있던 상단전의 공능.

'그건… 성녀로써의 힘이었지.'

이는 마르한을 통해서 알게 되었다고 하기 보다는 제튼이 스스로 경험하고 깨닫게 되었다고 보는 게 옳았다.

어릴 적, 아직 다리가 불편하던 시절.

항시 한 자리에 앉아 밖에 나간 오라비를 걱정하던 그 시기.

당시 그 외로운 시간은 실로 길고 고독하였으나, 오라비의 고생을 잘 알기에 어린나이에도 힘내서 버텨낼 수 있었다.

하지만 자신이 오라비에게 아무것도 해 줄 수 없다는 걸 알기에, 그녀는 어린 마음에 매일처럼 오라비를 위해 기도했다.

한 사람을 위해 올리는 성녀의 기도였다. 아직 제대로 된 성녀로 성장한 건 아니었다고는 하나, 분명한 건 신의 축복이 몸 안에 깃든 아이였다.

그 축복이 꾸준히 케빈에게로 향하며, 하늘과 닿은 머리가 트이게 된 것이다.

하지만 아직 제대로 성장하지 못한 성녀의 능력으로 인해, 전부가 아닌 일부만 열린 것이기도 했다.

제튼은 이런 성녀의 축복을 몇 차례 경험한 적이 있었다. 갑작스레 상단전으로 와 닿던 기이한 빛의 흐름을 읽었고, 그 안에서 메리의 흔적을 느꼈으며, 천마신공의 분노를 깨달았다.

'…메리가 날 위해서 기도하던 순간이었지.'

마기와 상반되는 빛의 기운에 천마신공이 이를 드러냈다. 하지만 온전히 '마'에만 기반을 두고 있지 않던 덕분인지, 이는 드러낼지언정 반발하지는 않았다.

기운에 담긴 메리의 향을 맡은 까닭이다. 어찌 되었건 천마신공은 제튼의 품에 있었고, 당연하게도 제튼과 감정적 교류를 할 수밖에 없었다.

메리의 숨겨진 능력을 일부 알게 된 것과 동시에, 마르한의 이야기를 다시 한 번 생각하게 되는 사건이기도 했다.

또한, 이를 통해서 케빈 역시도 메리와 함께하게 될 거라는 사실을 깨달았다.

성기사!

케빈에게는 그와 같은 운명이 놓여있다는 걸 직감적으로 알 수 있었다.

하지만 그 운명에 '가혹함'이 포함되어 있을 거라고는 생각지 못했다.

'천마…'

그의 등장과 함께, 두 아이의 운명에는 감당키 어려운 무게감이 실리게 된 것이다.

"하아…"

나직이 한숨을 내쉬는 제튼을 향해 셀린이 물음을 던

졌다.

"무슨 생각을 그렇게 해?"

조금 전, 제튼의 침울해진 얼굴에 잠시간 화를 삭이며 기다리던 그녀였으나, 아무래도 아이들과 관련된 일이다 보니 더는 참기가 어려웠던 것이다.

이에 상념을 일부 미룬 제튼이 닫혔던 말문을 다시 열었다.

"나도 그 아이들에게 위험한 일은 시키지 않고 싶어. 하지만……"

채 몇 마디를 내뱉기도 전에 흐름이 막혀버렸다.

아이들에게 주어진 운명에 대해 이야기를 해야 할까? 그와 같은 고민이 이어진 것이다.

"말해 줘."

그 순간 셀린이 제튼에게 말했다.

"내 아이들의 일이야. 숨기지 마."

제튼의 주저함에 감당하기 어려운 무게를 짐작했다. 하지만 어떤 이야기든 감당할 자신이 있었다. 아니 감당해야만 했다.

"나는 그 아이들의 엄마야!"

그녀의 올곧은 눈동자에서 확고한 의지를 읽었고, 이내 막혀버렸던 흐름이 다시금 이어졌다.

아직 어리다고는 하나 그 위치의 특별함 때문일까? 자연스럽게 들어오는 정보들이 많았다. 머리 아픈 이야기들이 잔뜩인지라, 항시 눈살을 찌푸리는 일이 대부분이었는데, 이번만큼은 눈을 반짝이게 되는 내용이 잔뜩 실려 있었다.

'성자라고?'

그 놀라운 내용의 중심에는 전장의 정보가 담겨 있었는데, 그 안에 적혀 있는 내용이 실로 인상적이었다.

-전장의 한 가운데서 거룩한 빛의 영광을 보다.

실로 재미있는 내용이었다. 그 빛의 중심에 서 있던 존재 역시도 흥미로웠다.

'방랑사제? 마르한?'

들어본 적 없는 이름이었다. 자연스레 그 옆으로 적혀있는 마르한과 관련된 주요정보에 시선이 갔다.

'성국의 어두운 일면인가.'

절로 고개가 흔들어지는 내용들이었다. 동시에 마르한이라는 존재에 대한 감탄이 연달아 터져 나왔다.

'이렇게까지 대단한 분이 여태까지 사제였다니.'

성자라는 칭호가 참으로 어울린다는 생각이 들었다. 연신 고개를 끄덕이던 시선이 정보의 다음 내용으로 넘어갔다.

실질적으로 관심을 잡아끌었던 정보가 그곳에 담겨 있었다.

-브라만 대공 출현.

물론, 이 내용이 정확한 건 아니었다. 하지만 그럼에도 불구하고 신경이 쓰였다. 어쩔 수가 없었다.

'아빠.'

부친과 관련된 내용이 담겨 있는데, 어찌 신경을 안 쓸 수 있겠는가.

성자의 등장 바로 전에, 저 멀리 천둥성이 들려왔다고 한다. 헌데, 병사들 중, 몇몇이 그 천둥성 속에서 브라만이라는 외침을 들었다고 했다.

이런 사람들이 한 둘이면 모르겠으나, 제법 많은 수의 병사들이 이를 들었다고 하면서, 이는 하나의 정보로 분류가 되었다.

카이든은 그리 길지도 않은 정보를 연신 눈에 담으며 부친의 모습을 상상했다.

'왜?'

어째서?

갑작스레 전장의 한복판에 나타난 것일까? 확실치 않은 정보로 분류되고 있었으나 카이든은 정보의 신뢰성이 높다고 여겼다.

그도 그렇게 브라만 대공의 출현 당시에, 전신을 오싹하게 주무르는 기이한 감각을 느낀 까닭이었다.

그 괴상한 감각을 쫓아 저 멀리 하늘로 시선을 올려 보냈고, 그 방향은 정확히 전쟁이 한창이 국경지대로 향해 있었다.

이 정보를 통해 당시의 감각에서 느껴졌던 부친의 흔적이 진실이라는 걸 깨달았다. 그러자 자연스레 하나의 의문이 이어졌다.

'그런데….'

부친과 더불어 너무도 친숙한 감각 하나가 그를 파고들었던 게 기억났다.

"…그건 누구였지?"

당시의 그 특별한 감각은 별의 영역에 들었기 때문이 아니었다. 아무리 별의 영역에 올랐다고는 하나, 그 먼 전장의 흔적인 이곳에서 읽을 수 있을 리가 없었다.

이는 오르카를 통해서도 확인한 부분이었다. 그렇다면 어떻게 그 먼 거리를 꿰뚫고 감각권에 파고들 수 있었던 것일까?

이유는 하나뿐이었다.

'연공법!'

카이든이 익히고 있는 이름 없는 연공법과 관련이 있다는 걸 느끼고 있었다.

'누굴까?'

몸속에 웅크린 이 특별한 기운을 자극했던 그 존재에 대한 의문이 머릿속을 떠나지 않았다.

❖

제국과 연합왕국간의 힘겨루기!

무려 대륙의 패권을 건 전쟁이니 만큼, 대륙의 모든 조직과 단체 그리고 세력들이 그곳에 눈과 귀를 집중시키고 있다고 해도 과언이 아니었다.

그런 까닭에 전장에서 발생하는 특이사항은 빠르게 대륙 전체로 퍼져나가고는 했는데, 최근 들어 아주 특별한 상황이 전장에서 발생하며 그곳에 집중된 눈과 귀를 어지럽히고 있었다.

성자!

저 전장의 중심에서 빛의 축복을 받은 영광스런 사람이 탄생했다는 것이다.

그저 헛소리만으로 치부하기에는 당시의 현장에 있던 사람들이 너무 많았다. 특히, 각 단체에서 투입시킨 눈과 귀 역시도 성스러운 빛을 쬐었다고 했다.

또한, 그 자리에 있던 수많은 환자들이 자리를 털고 일어나는 광경 역시도 목격했다고 한다. 그야말로 기적이라는 말이 필요한 순간이었다.

"말도… 안 돼!"

믿기 어려운 정보였다.

콰앙!

신경질적으로 책상을 내리쳐 보지만, 손바닥에 느껴지는 아릿한 통증이 현실을 깨닫게 해 줬다.

'죽을 자리에 보내 놨더니. 으득!'

계획이 어그러졌다는 생각에 절로 이가 갈렸다.

'하필이면 성자라니.'

성국의 교황이라 불리는 그였으나, 이제는 그 역시도 함부로 손을 대기가 어려워졌다. 당연한 일이었다. 무려 성자가 아니던가.

성녀가 탄생하지 않은 지금, 당연하게도 성자는 그 위치를 대신하는 존재로 여겨질 수밖에 없었다.

만약, 성자의 안위에 무슨 일이라도 생긴다면, 그것은 성국에게도 적잖은 타격이 될 수 있었다. 게다가 전 대륙이 한데 입을 모아서 성자의 안위를 걱정하게 될 터이니, 자연스레 마르한에게 가해졌던 어두운 굴레들 역시도 세상 밖으로 드러나게 될 수밖에 없었다.

'그렇게 되면….'

교황의 자리 역시도 위태로울 수 있었다. 불안감에 몸을 부르르 떨던 그가 조심스레 자신의 목으로 손을 가져

갔다.

역대 교황들의 품에서 품을 건너와, 이제는 교황의 상징이라고도 불리는 펜던트가 손에 잡혔다.

우우우웅…

그 순간 펜던트가 빛을 발하기 시작했다. 그 빛무리를 쐬고 있자니 격하게 흔들리던 감정이 빠르게 안정되는 걸 느꼈다.

감정을 추스르던 교황의 시선이 펜던트로 향했다.

'태양의 눈물!'

좀 더 정확히는 '오리하르콘'이라고 불리는 전설의 금속으로써, 그 존재 자체만으로도 마를 정화하는 효력이 있는 금속이었다.

과거, 성력에 대한 갈망을 느꼈던 한 교황이 만들어낸 부정의 증거이기도 했다.

애초에 대신관급 이상의 존재들만이 교황의 자리에 오를 자격이 허락되는 만큼, 그들의 성력은 실로 대단하다 할 수 있었다.

하지만 그 대단함이 성녀라고 불리는 이들에게까지 닿는 건 아니었다. 때문에 이 부분에 대한 불만을 해소하고자 만든 것이 이 펜던트였다.

성력의 저장!

펜던트에 숨겨진 능력이었다. 애초에 오리하르콘이 성

력의 증폭제역할을 하는 효과가 있었는데, 거기에 '흡수'라는 특별한 기능이 더해진 것이다. 그리고 이를 저장하여 사용할 수 있게 만들었다.

이 특별한 펜던트로 인해 교황은 성녀와도 어깨를 나란히 견줄만한 성력을 발현할 수 있게 되었다.

그리고,

'이것 때문에 성국의 타락이 시작된 거나 다름없지.'

사실, 흡수와 발현에 관한 부분에 대해서는 특별히 문제될 게 없었다.

오랜 옛 시절, 마족이라 불리는 존재들이 지상에 올라왔을 때, 그들을 몰아내기 위해 이미 성력을 모았다가 발현시키는 기술은 완성되어 있었다.

때문에 이 부분에 대해서는 문제로 여겨질 수 없었다. 하지만 '저장'으로 넘어가는 순간 이야기는 달라진다.

신성력이라 불리는 것도 결국은 기운이었다. 마나와 오러처럼 흐르고 소통해야만 하는 것이었다.

그들 성직자들이 기사나 마법사처럼 이치를 거스르듯 세상의 흐름을 한데에 가둬놓는다?

'있을 수 없는 일이지.'

게다가 이 힘을 저장하는 방법이 또 문제가 됐다.

성국 중앙에 위치해있는 대기도원. 그 기도원의 지붕 위에 따로 만들어놓은 자리에 펜던트를 놓아두는 것이다.

그리되면 자연스레 미사시간에 피어나는 성력의 일부가 펜던트로 흡수되는데, 그 성력의 양은 그야말로 '기적'이라는 단어가 어울릴 정도의 수준이었다.

'참된 부정의 시작이었지….'

하지만 영원한 비밀은 없는 것일까?

결국 이 사실이 몇몇 신관에게 들키고야 마는데, 이를 해결하고자 그들도 부정된 길목으로 끌어들이는 선택을 하게 된다.

신의 금속이라는 오리하르콘을 구하기는 어려웠으나, 그 대용품으로 미스릴이라 불리는 또 다른 신비의 금속을 통해, 그들에게도 성국의 비전을 전했다.

성국에 타락의 그림자가 드리우게 되는 서막이었다.

비전으로 부족한 성력을 딛고 대신관의 자리에 앉는 이들이 하나 둘 늘어갔고, 어느새 성국의 중앙에는 짙은 얼룩자국이 남게 되었다.

물론, 그렇다고 해서 비전을 사용하는 대신관의 숫자가 많다는 건 아니었다. 그 수는 극히 한정되어 있었다.

단지 그들이 주변을 선동할만한 위치에 있다는 게 중요했다.

'마르한 케메넨스.'

성자라고 불리는 이의 얼굴이 머릿속에 그려졌다.

'한 때는… 나 역시도 당신을 존경했었지.'

때문에 직접 손을 쓰는데에 대한 거리낌이 있었던 걸지도 몰랐다. 만약 그가 고행의 길만 돌고 있었더라면, 결코 그를 건드리려 하지 않았을 터였다.

하지만 그는 결국 성국으로 돌아왔고, 감춰뒀던 얼굴을 보여줬으며, 어느새 화제의 중심에 서서 대륙의 시선을 한데 모으고 있었다.

"하아⋯!"

절로 한숨이 짙어졌다. 다시금 심적인 흔들림을 느낀 것인지, 습관처럼 펜던트로 손이 갔다.

재차 빛 무리가 뿜어져 나오면서 가슴이 진정되는데, 문득 빛의 밝기가 약해졌다는 느낌을 받았다.

'다 된 건가.'

이 태양의 눈물이라 불리는 펜던트에 성력의 저장이 가능하다고는 하나, 그것이 무한한 건 아니었다. 명확한 한계가 존재했고, 그 이상은 결코 쌓이지 않았다.

물론, 그 한계치만으로도 충분히 기적이라 불릴만한 것 역시 사실이었다.

생각보다 빠르게 성력의 양이 줄었다는 생각에 절로 미간이 구겨졌다. 그만큼 최근에 성력을 사용하는 양이 늘었다는 의미이기 때문이었다.

말인 즉, 최근 들어 그의 두통을 자극하는 일들이 많아 있고 있다는 뜻이기도 했다.

"짜증나는군!"

지끈거리는 양 미간을 누르는 그의 시선에 조금 전 확인했던 보고서가 눈에 들어왔다.

"하필이면 성자라니. 하아…."

무거운 한숨이 입술을 비집고 흘러나왔다. 다른 누구도 아닌 마르한이 성자라는 게 특히나 걸렸다.

'성국의 비밀을 아는 그가, 하필이면….'

일말의 온정으로 인한 실책이라는 생각에 한숨만 늘어갈 뿐이었다.

❖

제국 제일은 대륙 제일이라는 말이 있다. 때문에 제국을 대표하는 카이스테론 아카데미의 행사는 항상 시선의 중심에 서 있을 수밖에 없었다.

비록 전쟁이 한창인 와중이라고 해도 이는 변함이 없었고, 그 때문인지 이번 아카데미 행사 역시도 자연스레 화제의 중심에 서 있었다.

특히, 그 행사의 내용이 최고수석을 뽑는다는 부분 때문에 더더욱 관심의 대상이 될 수밖에 없었다.

대륙의 모든 국가들이 전쟁지역이라는 사실마저 잊은 채, 아카데미의 행사에 사람들을 파견 보낼 만큼, 이번 행사는 특별한 것이었다.

이런 주변의 분위기 덕분인지, 갑작스런 전쟁으로 인해 급격히 무거워졌던 공기가 일부 환기되는 효과가 발휘되며, 제국 수도의 표정이 살아나고 있었다.

'제국에서도 직접 거드는 일이니, 실패하는 게 이상한 건가.'

현재 제튼은 이런저런 생각으로 자꾸만 머릿속을 채우는 중이었는데, 이는 현재 그의 눈앞에서 발생하고 있는 상황으로 인한 긴장감을 지우고자 함이었다.

"안녕."

저 앞으로 셸린의 음성이 들려왔다. 아카데미의 행사로 인해 많은 사람들로 북적이며 시끌벅적한 장소였으나, 다른 이들의 목소리는 하나도 귀에 들어오지 않았다.

눈앞의 풍경을 보고 있노라면 어쩔 수 없었다.

"네가 카이든이지?"

긴장되는 순간이었다. 셸린과 카이든이 마주하고 있는 광경을 보고 있노라니, 절로 피가 마르는 느낌이었다.

〈이번에 내가 수도에 온 건, 제니가 걱정 되서 온 이유도 있지만, 사실은 그 아이를 보고 싶은 마음이 더 컸어.〉

그런 이유로 인해서 현재 그녀와 카이든이 한 자리에 있는 것이었다. 물론, 제튼은 그 자리에 함께하고 있지 않았다.

〈좀 더 기다려주자.〉

그가 아닌 그녀의 제안으로 인해, 카이든이 더 자랄 때까지 그들의 관계는 비밀로 하기로 한 것이다.

때문에 지금은 제튼의 남편이 아닌 케빈과 메리의 모친으로써 저 자리에 서 있는 것이었다.

물론, 자연스러운 만남을 위해 케빈과 메리 역시도 함께하고 있는 건 당연했다.

그는 원활한 대화를 위해 멀찍이서 지켜볼 수밖에 없었다.

이런저런 생각들로 긴장감을 완화시키려 해 봤으나, 아무리 해도 가슴이 진정되려 하질 않았다.

'그나저나… 묘한 기분이군.'

어찌 되었건 가족들이 한자리에 모인 것이나 다름이 없었다. 그런 까닭인지 보고 있는 기분이 묘했다. 특히, 그가 저 자리에 없다는 것 역시도 묘한 기분이 들게 만들었다.

왠지 모를 답답함이 느껴진다고나 할까?

"하아…."

그저 한숨만 연발될 뿐이었다. 차라리 외면하고 싶은 광경이었으나, 결코 시선을 떼지 않았다. 오히려 더욱 열심히 귀를 기울이며 셀린과 카이든의 만남을 지켜보고 있었다.

"처음 뵙겠습니다."

케빈과 메리의 모친이라는 소리에 카이든이 정중히 인사를 하는 게 보였다.

이 모습에 셀린이 눈을 빛냈다.

아무리 위장신분이라고 하나, 일국의 황태자라는 위치를 생각해본다면, 저리 고개를 숙인다는 건 결코 쉽지 않은 일이었다. 그럼에도 불구하고 카이든은 흔쾌히 고개를 숙였고, 예의를 차렸으며 태도에서 정중함을 잃지 않았다.

카이든의 심성이 잘 느껴지는 부분이었다. 왠지 미소가 그려졌다. 제튼의 아들이라는 이유 외에도, 그녀가 사는 국가의 후계자가 이처럼 바른 사람이라는 게 기분을 좋게 만든 것이다.

부드럽게 미소 지으며 카이든을 보고 있자니, 왠지 모르게 눈에 익은 모습들이 곳곳에서 비쳤다.

'닮았구나.'

그녀가 기억하는 제튼의 어릴 적 모습이 카이든의 얼굴에서 보였다. 어릴 적 장난기 넘치던 제튼의 얼굴이 떠오르며, 재차 미소가 그려졌다.

"어때? 우리 엄마 예쁘지?"

문득, 메리가 팔짱을 끼며 카이든에게 말을 건네는 게 보였다.

"그러게. 누가 보면 메리 누나하고 자매인 줄 알겠다."

"엑! 설마, 내가 그렇게 늙어 보인다는 건 아니겠지?"

"어? 어떻게 알았지."

"너 이리 와!"

딸아이와 카이든의 허물없는 대화가 마치 두 아이가 정말로 남매인 것처럼 보여주고 있어, 괜히 더 웃음이 나왔다.

'성격도 꼭 닮았네.'

얼굴에만 흔적이 비치는 게 아니라, 그 내적인 부분에서도 제튼의 옛 모습이 보이는 것 같았다.

황태자!

그 무거운 위치로 인해, 정작 아이를 만나겠다고 마음을 먹었으면서도 적잖게 긴장하고 있던 게 사실이었다. 하지만 막상 이렇게 마주하고 대화를 나누고 보니, 그 딱딱했던 마음이 상당부분 풀어지는 걸 느꼈다.

동시에 가슴 한편이 일부 가벼워지는 것도 알 수 있었다.

가족!

정말로 황태자와 함께할 수 있을까?

이런 의문이 있었다. 하지만 카이든이라면 충분히 가능할 것 같다는 생각이 들었다.

'하긴, 남편이 그 브라만 대공인데.'

거기까지 생각하던 그녀의 얼굴에 한 줄기 그늘이 내려

앉았다.

'남은 문제는….'

그녀가 카이든에게 인정을 받는 일 뿐이었다.

'시간을 들여서 천천히 가야겠지.'

어느새 제니까지 끼어들며 즐겁게 떠드는 게 보였다. 그 모습을 보고 있노라니 짙어지려 하던 그늘이 다시금 엷어져갔다.

멀찍이서 보고 있는 제튼은 괜히 자신이 더 피가 마르는 기분을 느끼며 연신 마른침만 삼켜대고 있었다. 이런 제튼의 곁으로 인영 하나가 접근하며 말을 건네왔다.

"좀 더 나중에 소개한다고 하지 않았어?"

슬쩍 시선을 돌려보니, 오르카가 눈살을 찌푸리며 서 있는 게 보였다.

그녀의 이 불만스런 얼굴은, 저 갑작스런 만남이 카이든에게 해가 될까 싶어서 나오는 표정이었다. 상황이 어찌 되었건 그녀는 카이든의 스승이지 않던가. 당연한 반응이었다.

"그러니까 내가 여기에 있는 거 아니겠냐."

제튼의 뜬금없는 대답에 오르카의 고개가 모로 꺾였다.

"무슨 소리야?"

그녀의 이어진 의문에 잠시 주저하던 제튼이 이내 고

개를 끄덕이는가 싶더니, 셀린과 나눴던 대화를 이야기해 줬다. 그 내용을 듣고 나서야 오르카의 표정이 풀어지는데, 채 몇 호흡하기도 전에 다시금 얼굴에 균열이 일어났다.

'가족인가.'

카이든이 셀린과 함께 서 있는 모습에서 저들의 미래가 그려진 까닭이었다. 그 풍경에 자신은 함께 있지 않다는 생각이 그녀의 입맛을 쓰게 만든 것이다.

특히, 메리와 제니 두 자매와 즐겁게 이야기하는 카이든의 모습이 더욱 그들의 미래에 대한 확신을 주고 있었다.

물론, 황제라는 존재로 인해 카이든이 저들과 한 집에서 지낼 일은 없을 것이다. 하지만 그럼에도 불구하고 가족이라는 단단한 인연의 끈으로 묶이는 건 분명해 보였다.

한참 그녀들의 모습을 바라보던 오르카의 시선이 제튼에게로 향했다.

그를 보고 있노라니 자연스레 떠오르는 얼굴들이 몇 있었다. 그 중에서도 유난히 앞서 그려지는 얼굴 하나를 꼽아봤다.

'로렌스.'

명실상부한 대륙 최고의 상단인 팔라얀의 주인으로써,

그녀와 마찬가지인 감정을 품고 있는 여인이었다.

제튼을 향한 마음!

사실, 오르카의 경우에는 로렌스만큼 치열하게 제튼을 원하거나 하지는 않았다. 애인과 연인의 차이라고나 할까?

특히, 과거에는 서로 적당히 육체적 애정관계를 즐겼던 사이였다. 하지만 어느 순간부터 그에 대한 욕심이 생겨나기 시작했다.

'남의 남자라서 그런가?'

괜한 생각에 재차 씁쓸한 미소가 입가에 걸렸다. 하지만 확실히 그 무렵, 결혼식이 있던 즈음부터 제튼에 대한 애정이 한 차원 더 높아졌던 것 같았다.

'어쩌면… 결혼식이 있기 전에, 다시 만났던 무렵부터일지도 모르지.'

그도 그럴게 마왕에 사신이라 불리던 브라만 대공이 아닌, 제튼이라는 평범한 사내는 생각보다 그녀의 마음에 쏙 어울리는 남자였던 것이다.

이후, 부인과 아이들에게 충실하며 화목한 가정을 꾸려가는 모습은 유난스러울 정도로 눈에 들어왔다.

거기까지 생각하던 오르카가 슬쩍 뒷머리를 긁적였다.

'결국… 결혼하고 나서인가?'

생각해보면 어릴 적부터 그런 부분에 대한 동경 비슷한

게 있었던 것도 같았다. 그도 그렇게 자라온 환경이 너무 특별했다.

여인의 몸으로써 별의 영역이라 불리는 마스터에 이르고자, 세상을 인지하던 무렵부터 가혹한 담금질을 당해왔던 처지였다.

따뜻한 가정의 품을 느낄 겨를이 없었다.

'그나마…'

잠시 셀린에게로 시선이 갔다.

'…유일한 휴식터였지.'

가문에서 그녀가 숨 쉴 수 있는 공간을 마련해줬던 언니가 생각났다.

이제는 세상에 없는 까닭에 더욱더 셀린을 향한 눈빛이 아련해지는 것이다. 그녀가 너무도 닮아있기 때문이었다.

그런 이유로 인해 그녀를 미워할 수가 없었다. 게다가 가끔 만날 때마다 그녀가 보여주는 태도로 인해, 오히려 그녀에 대한 애정만 커질 정도였다.

"후우…"

무거운 한숨이 입술을 비집고 흘러나왔다. 생각보다 그 소리가 컸지만 셀린과 카이든에게 집중하고 있는 까닭인지, 제튼은 시선조차 주질 않았다.

그 모습에 왠지 심술이 났다.

빠악!

그래서 그녀도 모르게 발이 나가버렸다. 때 아닌 충격에 제튼이 정강이를 부여잡으며 그녀를 노려봤다.

"왜?"

인상을 가득 구긴 그의 모습에, 그녀는 더욱 사납게 눈꼬리를 올리며 외쳤다.

"몰라?"

오히려 성을 내는 그녀의 모습에 제튼의 표정이 멍청하게 변해버렸다. 억울한 마음이 가득이었으나 어째서인지 그녀를 추궁하면 안 된다는 생각에, 앓는 얼굴을 한 채, 다시금 고개를 제자리로 돌려야만 했다.

이런 그의 모습에 오르카의 눈 꼬리는 어느새 부드럽게 풀려 있었다. 조금 전의 표정은 마치 거짓이었다는 듯, 오히려 입가에는 은은한 미소마저 그리고 있었다.

그리고는 제튼과 같은 방향으로 시선을 보냈다. 카이든과 셸린 그리고 아이들이 보였다. 여전히 저 안에 그녀가 끼어있는 미래는 비쳐지지 않았다. 또 다시 얼굴에 옅은 균열이 일었으나, 이내 그 흔적을 지워냈다.

'뭐… 당분간은 이렇게 지켜보는 것도 나쁜 건 아니니까.'

물론, 그렇다고 해서 포기할 생각은 없었다. 로렌스의 영향을 받은 것인지, 아직은 그에 대한 미련을 접기가 어려웠다.

"그런데 소식 들었어?"

재차 말문을 연 오르카가 제튼을 향해 물었다. 대충 질문의 의미를 짐작한 듯, 제튼이 고개를 끄덕이며 답했다.

"전 대륙이 떠들썩하니까."

모른다는 게 더 이상한 일이었다.

"영감님이 성자라니. 좀 웃기기는 한다."

오르카는 그리 말하며 한 차례 실소를 흘렸다. 성자 탄생에 관한 이야기는 현 대륙 최고의 화젯거리였다. 채 일주일도 안 지난 사건이건만, 지금 이 순간만큼은 제국과 연합왕국의 전쟁도 성자의 이름에 가려져버릴 정도였다.

"하지만… 잘 어울리는 것 같기는 하네."

그녀에게는 마르한이 방랑사제로써 고행의 길을 돌던 당시의 기억이 있었다. 때문에 마르한이 얼마나 대단한 성직자인지도 잘 알았다.

헌데, 그럼에도 불구하고 여태껏 그의 명성이 알려지지 않았다는 사실이 적잖은 불만이었다. 그런 울분이 이번 사건으로 인해 시원하니 날아갈 수 있었다.

오르카의 이야기에 제튼 역시도 고개를 끄덕이며 수긍했다.

'어울리지.'

그 역시도 마르한의 성품이 어떠한지 잘 알고 있었다.

아루낙 마을에서 오랜 시간을 거쳐 경험하지 않았던가.

이는 그 뿐만 아니라 마르한을 경험한 적 있는 마을의 모든 사람들이 공감하는 부분일 것이다.

〈정말, 훌륭하신 분이야!〉

마을의 어른들은 하나같이 입을 모아 그처럼 이야기를 하고는 했다. 세상에는 그저 성직자라는 이유만으로 높게 보는 이들이 있기도 하는데, 마르한 만큼은 거기에 해당되지 않았다.

"괜찮으시겠지?"

조금은 걱정스런 음성으로 오르카가 물었다.

그녀는 마르한이 성국과 사이가 좋지 않다는 걸 알고 있었다. 그 정확한 이유까지는 알지 못했으나, 분명한 건 그 때문에 마르한이 오랜 고행의 길에 올랐던 것만큼은 알았다.

이번 성자의 탄생 소식을 듣고 얼마나 놀랐던가. 성국의 사제단에 설마 마르한이 포함되어 있었을 줄이야.

당장 검을 뽑아들고 성국으로 달려가려 했을 정도로 화가 치밀었으나, 마르한의 기쁜 소식으로 겨우겨우 마음을 달랠 수 있었다.

어찌되었건 그녀는 제국을 대표하는 기사로써, 검작공이라는 칭호마저 지닌 대륙적인 유명인사이지 않던가. 함부로 날 뛰기에는 그녀에게 향한 시선이 너무도 많았다.

"걱정 마."

오르카의 걱정스런 감정 위로 제튼의 음성이 씌워졌다.

"성자라고까지 불리는 분이야. 저 위에 계시는 분이 그만큼 아낀다는 건데, 설마하니 그냥 방치만 하실 리는 없잖아."

그러면서 검지를 들어 하늘을 가리키는 그의 모습에, 오르카의 시선이 자연스레 위로 올라갔다. 그리고 미간에 옅은 주름이 새겨졌다.

언뜻 흐릿한 하늘이 눈에 들어왔다.

"……."

뒤늦게 날씨를 확인한 제튼이 슬쩍 뒷머리를 긁적거렸다. 저 멀리 밀려드는 구름의 상태로 보아하니, 오래지 않아 비가 올 것 같은 날씨였다.

다행스럽게도 비는 아카데미의 문이 닫힌 뒤, 어둠이 몰려올 무렵에야 내렸고, 그날 새벽이 가기 전에 그치면서 아카데미 행사는 차질 없이 다음날로 이어질 수 있었다.

❖

자신은 변한 게 없건만 세상이 변했다고 해야 할까?

마르한은 주변의 공기가 하루아침에 달라진 걸 실감할

수 있었다. 그 중에서도 특히, 사제단의 태도가 단연 압권이었다.

사제단은 은연중에 퍼진 그의 명성을 알고 있으면서도 이를 모른 척 못 들은 척 외면하며, 연신 그와 거리를 벌리려고만 들었다.

아마도 성국의 상부에서 모종의 조치를 취한 것으로 여겨졌다.

헌데, 이런 사제단이 먼저 그에게 인사를 하며 다가오는가 싶더니, 말을 건네고 대화를 나누려고 애를 쓰고 있었다.

이런 사제단의 태도 외에도 은연중에 그를 무시하던 전장의 귀족들 역시도 전혀 달라진 얼굴로 그를 쫓아다니느라 바빴다.

어찌 보면 당연한 일이었다. 단 한 번도 성력을 내비치지 않으며, 오로지 치유술만으로 환자를 돌보는 그의 모습은 분명 기존의 성직자들과는 다른 부분이 있었다.

게다가 머리가 허옇게 희도록 사제로써 머무는 그의 위치도 의심거리가 되었을 터였다.

그러던 것이 단 한 번의 성력발현과 동시에 변해버렸다. 게다가 이 사건을 계기로 그를 민망하게 할 정도로 과분한 칭호마저 붙어버렸다.

성자!

스스로를 항상 낮은 곳에 두고자 하는 그로써는 얼굴이
다 화끈거릴 정도의 칭호였다.

하지만 굳이 이 상황을 피하려 하지 않았다.

'그 아이를 위해서라도.'

이 낯 뜨거운 상황을 버텨내기로 마음먹었다. 그리고
이 기회를 빌려 그의 위치를 확고히 굳힐 생각도 가지고
있었다.

'교황!'

그리고 성국!

잘못되고 그릇된 것들을 바로잡을 기회가 온 것이리라.
지금 이 상황을 잘만 이용할 수 있다면, 최소한의 질서는
잡을 수 있을 거라 여겼다.

당장 주변만 돌아봐도 그 징조가 보이고 있었다.

사제단!

그들에게 발생한 태도변화 외에도, 그들 사이사이 숨어
있던 염탐꾼들이 그를 찾아와 고해를 하기 시작한 것이다.

새삼 성자라는 위치가 얼마나 대단한지 실감하는 순간
이기도 했다.

'어쩌면….'

그가 생각했던 것 이상의 그림을 그릴 수 있을지도 몰
랐다.

'메리, 그 아이가 성국에 실망하지 않도록 하겠다!'

각오를 다지던 그의 시선이 슬쩍 주변으로 돌아갔다. 환자들을 돌보는 사제단의 모습이 보였다.

헌데, 전과 달라진 풍경이 곳곳에서 눈에 띄었다.

치유술!

기초적이라고는 하나, 사제들은 최소한의 치유술 정도는 익히고 있었다. 부족한 성력을 보충하기 위함이었는데, 실질적으로 이를 사용하는 경우는 거의 없었다.

대부분 지닌바 성력을 발휘하고 끝이었다. 지금까지 사제단의 활동 역시도 그러했다. 성력으로 치유를 하다 피로가 밀려오면 중단한 뒤 휴식을 취하는 것이다.

상황이 그렇다 보니 많은 수의 환자들을 치료하기가 어려웠다.

그런 변함없는 풍경에 새로운 그림 하나가 끼어들었으니, 그게 바로 사제단의 치유술이었다. 성력을 발휘하기보다 치유술로써 환자를 대하는 마르한의 모습에, 그를 닮고자 하나같이 치유술을 활용하기 시작한 것이다.

게다가 환자를 대하는 태도 역시도 크게 달라져 있었다. 이 역시도 마르한의 태도에서 비롯된 것으로써, 진심으로 환자를 대하는 그의 모습에 저들 역시도 한층 열정적으로 환자에게 다가가고자 하고 있었다.

지금 당장 성국이라는 거대한 그림에 손을 대기는 어려웠다. 하지만 지금 이렇게 눈앞의 작은 풍경부터 조금씩

고쳐나가다 보면, 언젠가는 그림 전체의 어긋난 부분들을 바로잡을 수 있을 것이라고 여겼다.

그 즈음에 마르한의 얼굴 위로 한 줄기 음영이 내려앉았다.

'아쉽구나.'

자신의 노구를 내려다보는 그의 눈가에 슬픔이 스쳤다.

'…남은 시간이 조금만 더 있었더라면.'

고개를 휘휘 흔들며, 애써 부정한 생각들을 털어냈다.

쿠르릉…

문득 저 먼 하늘 너머에서부터 한 줄기 천둥성이 날아들며 귀를 깨웠다. 어느새 밀려든 것일까? 먹구름이 머리 위를 점령하고 있는 게 보였다.

언뜻 스치는 공기 속으로 물기가 느껴졌다.

'비가 오려나.'

다른 이들도 그와 같은 생각을 한 듯, 바삐 움직이기 시작했다. 여기저기서 바쁘게 천막이 쳐지는 게 보였다.

얼마 지나지 않아 옅은 빗줄기가 떨어지더니, 이내 어둠이 내려앉은 즈음에는 굵직한 장대비가 되어 대지를 뒤덮어갔다.

뜨겁게 달아오른 전장의 열기를 잠시나마 식히기에는 적당한 빗줄기였다.

맑았다고 여겼던 하늘에 돌연 먹구름이 끼는가 싶더니, 대뜸 거대한 뇌전 하나가 대기를 가르며 떨어져 내렸다.

꽈르르릉!

그것은 정확히 한 그루의 나무를 직격했는데, 얼핏 봐도 그 수령이 상당할 것 같은 거목이었다. 갑작스런 사건으로 그 마지막을 불길로 장식하게 되었는데, 가만히 보고 있자니 그 불길의 색이 실로 기이했다.

검은빛!

눈의 착각이라고 여길 법도 했으나, 다시금 비추기 시작한 햇살로 인해 그 검은빛은 더욱 도드라지게 시야를 장악하고 있었다.

마치 홀린 듯 그 불길에 다가가는 순간, 돌연 어둠이 찾아들었다.

콰직!

괴상한 소음과 함께 정신이 아득해져왔다.

"원숭인가?"

의식의 끝자락에 들린 괴상한 음성을 통해 상대의 정체에 대해 작게나마 짐작할 수 있었다.

'사람?'

하지만 이에 대한 확인을 하기는 어려웠다. 거기서 의식이 완전히 끊겨버린 까닭이었다.

검은 불길을 가르며 두 개의 그림자가 모습을 드러냈다. 각자 금빛과 은빛으로 물든 머릿결의 소유자였는데, 그 형상이 매우 특이했다.

사람처럼 보이는 외형이건만, 언뜻 보이는 송곳니라거나 핏물에 잠긴 것 같은 동공, 게다가 이마에 기형적으로 솟아있는 두 개의 뿔은 확실히 사람이라고 보기에는 무리가 있어 보였다.

그들 중 금빛 머릿결의 사내가 은빛 머릿결을 향해 눈살을 찌푸리며 말했다.

"뭐 하는 거냐? 은각."

"그게… 손에 뭐가 걸려서. 그냥."

"아오! 이 정신 나간 놈."

"미안해. 금각형."

"하필이면 원숭이라니. 젠장! 빨리 치워. 대성이 나오시기 전에."

"어? 어…."

급히 원숭이의 시체를 소각시키는데, 그 순간 검은 불길이 일렁이며 하나의 그림자가 그들 뒤로 모습을 드러냈다.

언뜻 사람처럼 보이는 체형이었는데, 전신 그득 털로 뒤덮여 있어, 사람이라 하기에는 무리가 있어 보였다. 오히려 앞서 은각의 손에 명을 달리한 원숭이와 더 닮아 있는 모습이었다.

금각과 은각이 급히 뒤를 돌아보며 고개를 숙였다.

"오셨습니까. 대성!"

그들의 인상에 한 차례 고개를 끄덕인 털복숭이 사내가 문득 코를 킁킁거리며 물었다.

"피 냄새가 나는 것 같은데, 오자마자 한 건 했냐?"

이에 두 사내가 어색하게 웃으며 답했다.

"그… 글쎄요."

자칫 잘못 대답했다가는 호되게 당할 우려가 있기에, 오히려 모르쇠로 일관하는 게 낫다고 판단한 것이다.

이에 털복숭이 사내가 눈을 엷게 뜨며 두 사내를 유심히 바라봤다.

"너희는 '주군' 께서 내게 붙여주신 '제천대성'의 칭호를 잘 알고 있겠지?"

"다… 당연하지요."

"모를 리가 없지요."

"그런 내가, 설마… 이 냄새의 정체를 모를까?"

금각과 은각이 동시에 마른침을 삼켰다. 긴장감이 그들의 등 뒤를 타고 오르는 찰나, 돌연 털복숭이 사내가 웃음을 터트렸다.

"크하하하! 짜식들. 장난이다. 장난. 긴장하기는. 큭큭 큭!"

그러더니 금각과 은각의 볼을 한 차례씩 두드리며 말했다.

"하지만, 다음에 또 걸렸다간 장난이 아닐 걸."

웃고는 있으나 눈가에 걸린 뜨거운 열기에 두 사내의 등가가 축축하게 적셔졌다.

"명심해."

짧은 그 한마디를 끝으로 털복숭이 사내가 시선을 주변으로 돌렸다.

"그나저나… 여기가 중간계인가?"

그의 의문에 금각과 은각이 고개를 끄덕이며 답했다. 그런 그들을 향해 사내가 재차 물었다.

"주군을 만나려면 어디로 가야하지?"

금각이 머리를 긁적이며 답했다.

"아마도… 브라만 대공이라는 자를 만나러 가면 되지 않겠습니까?"

"브라만이라. 그렇지. 주군이 자주 언급했었지."

고개를 끄덕이며 당장이라도 움직이려는 사내를 향해 금각이 말했다.

"헌데… 지금 이 상태로 괜찮으시겠습니까?"

"왜?"

"저희는 이곳으로 오기 위해서, '마물' 수준까지 격을 낮 췄습니다. 주군께 듣기로는 브라만 대공이라는 자의 능력 이 중간계 최강이라고 들었습니다. 지금 이 상태로는 위험 할 수도 있습니다."

그 말에 사내가 눈을 부라리며 말했다.

"우리가 주군에게 배운 걸 잊은 건 아니겠지?"

물론, 그럴 리가 없었다. 그들의 인생이 뒤바뀌진 가르 침이 아니던가.

"애초에 하급 마물이었던 우리를 대마족에 버금가는 수 준으로 끌어올려주신 분이 주군이시다."

거기에는 작은 힘으로도 극강의 힘을 내는 방법이 담겨 있었다.

"게다가, 그 브라만이라는 인간은 우리에게 위해를 가 하지 않을 거다."

"그게… 무슨?"

금각과 은각보다 '주군'에 대해서 잘 아는 사내였다. 때 문에 이리 확신할 수 있었다.

"그는 우리의 주인이신, 천마님이 처음으로 은혜를 베 푼 종자다."

"아!"

금각과 은각의 눈이 번쩍 뜨였다. 저 말이 사실이라면 이야기가 달라지는 까닭이었다.

털복숭이 사내가 휙 하니 발길을 돌이며 말했다.

"가자!"

하지만 채 몇 걸음 걷기도 전에 걸음을 멈추더니, 대뜸 금각을 향해 물어왔다.

"그런데, 어디로 가는 거냐?"

이번 질문에는 금각과 은각도 답하지를 못했다. 안타깝게도 그들은 중간계가 처음인 까닭이었다.

셋 모두 당혹스런 얼굴로 서로만 바라볼 뿐이었다.

〈10권에서 계속〉

#6. 외전 - 마계

#6. 외전 - 마계

눈 뜨고도 코 베어간다는 말이 있다.

'거기에 딱 어울리는 동네로군.'

오히려 두 눈 시퍼렇게 뜨고 있음에도 불구하고 당당히 칼을 들이미는 세계였다.

고향 동네에서나 볼 법한 광경이었다.

'아니지. 그보다 더하려나.'

하루하루가 피와 비명이 난무하는 이곳의 삶을 생각한 다면, 옛 고향이 오히려 살기에는 편할지도 모른다는 생각이 들었다.

'확실히 고향보다는 이쪽이 더 내 성격에 맞기는 하지만.'

전투야말로 그에게는 가장 친숙한 단어이지 않던가. 때문에 한껏 즐겨주기로 했다.

게다가 그 '종족'들 역시도 다양해서, 하나하나 관찰하는 재미도 제법 쏠쏠했다.

특히, 식물처럼 보이는 놈들이 갑자기 땅을 헤집고 나와 두 다리로 대지를 버티고 선 모습은 그야말로 가관이었는데, 그 줄기 같은 다리로 어떻게 서 있는지 다시 생각해도 우스울 따름이었다.

또한 산처럼 거대한 덩치를 지닌 놈들이 껄껄대며 웃을 때면 천지가 진동하던 모습도 제법 볼만한 장관이었다.

여러모로 흥미로운 것들이 많은 세상이었다.

그렇게 얼마간 이런저런 재미들을 보고 있자니, 하나 둘 괴상한 놈들이 튀어나오기 시작했다.

"네놈 재주가 비상하니 내 밑에서 일하는 게 어떻겠느냐?"

이 동네에서 방구깨나 뀐다고 하는 놈들로써, 확실히 그 수준이 만만치가 않아 보였다.

그래서 아주 살포시 밟아줬다. 그랬더니 이게 웬걸?

"저를 받아주십시오!"

반대로 그를 따르겠다며 귀찮게 구는 것이 아닌가. 이런 식으로 몇 차례 이름 좀 날린다는 놈들을 밟아주자, 어느새 발밑에 깔린 놈들 숫자가 제법 되었고, 점차 그를 부르는 호칭이 달라지고 있었다.

"새로운 왕의 탄생이다!"

이딴 간지러운 소리를 해 대며, 점차적으로 그를 중심으로 새로운 세력을 형성하려는 움직임이 보였다.

하지만 아쉽게도 그는 정점을 향한 갈망이 없었다.

'이미 두 번이나 해 봤으니까.'

귀찮기만 할 뿐이었다. 물론, 그렇다고 해서 전투를 그만두지는 않았다. 그에게는 가장 즐거운 놀이를 어찌 멈추겠는가.

게다가 이곳 세상은 아직도 그의 흥미를 자극하는 강자들이 널려있었다. 당연히 멈출 수가 없었다. 특히, 그 중에서도 이곳 세상의 절대자라 부르는 이들과는 아직 어울린 적이 없었다.

마왕!

이 세상에서 왕이라 부르는 이들로써, 들리는 소문으로만 치자면 충분히 자신에 비할만한 강자들이라고 볼 수 있었다.

당연히 흥미가 동할 수밖에 없었다.

'마룡 놈들처럼 내 기대를 충족시켜줄 수 있으려나.'

이곳 '마계' 라는 세상에서도 상위의 전투력을 자랑하는 종족이 바로 마룡 일족이었는데, 그들과 한 판 놀아났던 날은 오랜만에 충족감에 깊은 잠을 잘 수 있을 정도였다.

당연히 그들보다 뛰어나다는 마왕에 대한 호기심이 생길 수밖에 없었다.

'기왕이면 마룡왕이라는 놈도 만나보고 싶었는데.'

아쉽게도 그쪽에서 만남을 거절했다. 대충 이유는 알고 있었다.

"마룡왕은 겁쟁이라서 주군을 두려워하는 겁니다."

그를 따르는 몇몇 수하들이 이 같은 이야기를 떠들어댔다. 마왕이라 불리는 위치에 있는 자가 도전을 피한다? 믿기 어려운 이야기였으나, 우습게도 그게 사실이라는 걸 느끼고 있었다.

'무림맹주라는 놈도 매번 도망치기에 바빴으니까.'

고향 세상에서도 이 같은 일은 빈번하게 일어났기 때문이었다.

'뭐, 굳이 싫다는 놈하고 붙을 생각까지는 없으니까.'

미련을 버리며 다른 마왕들을 탐색하고 다녔는데, 이게 웬일?

죄다 그의 도전을 거부하는 게 아닌가.

"썩을…."

부글부글 속이 끓었다. 막무가내로 쳐들어가고 싶은 마음이 한 가득이었으나, 그러기에는 마왕이라는 이들의 주변이 너무 단단했다.

그 홀로 쳐들어가기에는 감당하기 어려운 규모를 지닌

것이다. 어찌어찌 마왕 앞까지 도착한다고 해도, 제대로 즐길만한 체력이 남아있질 않을 것 같았다.

"그렇다고 해서 세력을 좀 더 키우기도 귀찮으니. 쯧!"

우선은 좀 더 상황을 지켜보기로 했다. 굳이 전투가 아니더라도 이곳 세상은 즐길 것들이 널려있었다.

그 중에서도 특히, 서큐버스라 불리는 미녀들과의 만남은 전투만큼이나 즐거운 유희였다. 이런 유희가 제법 소문이 난 덕분일까?

그녀들의 여왕. 즉, 마왕이라 불리는 서큐버스 퀸과도 마주하는 시간이 있었다. 고대하던 왕과의 만남이었으나, 전투는 없었다.

"그토록 왕들과 겨루기를 원하더니, 저를 보고는 반응이 없군요."

여왕이 그를 향해서 이처럼 물었다.

"크하핫! 반응이 없다니. 여기 이 아랫도리를 보고도 그런 소리가 나오나?"

미녀와는 다른 방식의 치열한 전투를 즐기는 것, 그게 바로 그의 삶이었다. 이런 그의 반응에 여왕이 크게 웃음을 터트렸다. 그 시원시원한 웃음이 그녀의 미모와 너무도 어울렸던 까닭일까? 본능이 목구멍을 튀어나왔다.

"한 판 할까?"

그래서 이리 물었고, 여왕은 흔쾌히 침실을 열어주었다.

그의 생애 가장 뜨거운 열락의 시간이었다. 언뜻 전투를 치르는 것 같은 기분마저 들 정도였다.

"얼마든지 내 성에 머무는 걸 허락하죠?"

그와의 시간이 마음에 들었던 모양인지, 여왕은 흔쾌히 그의 거주를 허락했고, 덕분에 당당히 서큐버스들과 어울려 놀 수 있었다.

그녀들과의 즐거운 유희 덕분일까?

마왕들에 대한 생각이 머리 한 구석으로 밀려나기 시작했는데, 점차 그들과의 전투에 대한 생각들이 희미해질 무렵, 그가 찾아왔다.

"네놈이 '천마' 라는 놈이냐?"

거대한 뿔이 인상적인 거구의 소 한 마리가 눈앞에 서 있었는데, 그 특이한 점은 두발로 대지를 딛고 서 있다는 점이었다.

미노타우로스!

소의 형상을 한 마족으로써, 눈앞의 존재는 그런 일족들의 '왕' 이라 불리는 자였다. 눈이 번쩍 뜨였다. 한동안 잠들어있던 전투에 대한 열기가 활활 불타오르기 시작했다.

"내 이름은 우마왕이다!"

언뜻 고향을 생각나게 하는 우스꽝스런 이름에 잠시 열기가 식을 뻔 했다.

"앞으로 네놈의 주인이 될 분이시다."

허나 우마왕의 도발적인 언사덕분에 재차 열기를 꽃피울 수 있었다.

"나를 이길 수 있다면, 얼마든지 따라주지, 소대가리. 큭!"

마지막 한마디가 자극제가 되었을까?

"건방진 놈!"

우마왕이 먼저 달려들었고, 이내 바라고 바라던 '마왕' 과의 전투가 시작되었다.

天魔再生

천마재생

태규太叫 무협 장편소설
ORIENTAL FANTASY STORY

사람의 형태를 한 재앙!
수라천마 장후, 그가 다시 래어나다.

자네는 그리 달라지지 않았군.

무림을 향한 복수만을 위해 살았던 그가
이번 생에는 무림을 지키기 위해 일어섰다.
그의 두 번째 삶은 영웅(英雄)이 될 것인가?

미안하지만 우리가 악당이야.

여섯 개의 팔과 세 개의 눈을 가진 파멸의 제왕, 남장후.
그의 행보를 주목하라!

다들 그러다 죽는 거란다.